淡淡星辰

◎张宝林 著

江苏凤凰文艺出版社
JIANGSU PHOENIX LITERATURE AND
ART PUBLISHING, LTD

图书在版编目（CIP）数据

淡淡星辰 / 张宝林著. -- 南京 : 江苏凤凰文艺出版社, 2025. 1. -- ISBN 978-7-5594-9053-7

Ⅰ. I227

中国国家版本馆CIP数据核字第2024ZL4816号

淡淡星辰

张宝林 著

出 版 人 张在健
责任编辑 孙建兵
特约编辑 王晓彤
责任印制 杨 丹
出版发行 江苏凤凰文艺出版社
南京市中央路 165 号，邮编：210009
网 址 http://www.jswenyi.com
印 刷 徐州绪权印刷有限公司
开 本 720 毫米 ×1000 毫米 1/16
印 张 26
字 数 249 千字
版 次 2025 年 1 月第 1 版
印 次 2025 年 1 月第 1 次印刷
书 号 ISBN 978-7-5594-9053-7
定 价 99.80 元

世界上有两件东西能震撼人们的心灵：一件是我们心中崇高的道德标准；另一件是我们头顶上灿烂的星空。

——康德

星光不负

——《淡淡星辰》序

王清平

宝林写诗。这是我早就知道的。但此前很少读到宝林的诗。

我理解，宝林写诗只为遣兴抒怀，内心自安，不求发表，甚至秘不示人。自古诗以咏志，歌以咏怀，多为传之后世，绝少藏之深山。然而，宝林却能数十年不为浮名所动，实在令我佩服。退休后，宝林从四十年创作的诗词中遴选三百多首结集出版，我才得以一睹宝林诗词整体风采，不禁又为他的才情所折服。

且慢，还是让我先谈谈宝林的人品。

宝林人品，有口皆碑。

我是在宿迁成为地级市后认识宝林的，我们两人几乎同时期从县里选调进市直机关。他在市乡镇企业局，我在市政府办公室。开始接触不多，只是偶尔有工作上的交集。后来成为同事，朝夕相处几乎六年。六年间，二人分工协作，彼此比较融洽。

宝林是单位一“宝”，人缘较好。印象中，他到宿迁后就一直在一个经济主管部门工作，直到退休。单位名称改来改去，人员有聚有分，宝林始终“宝”留。如果说一个单位像一片星空，那么宝林就是那片星空中比较耀眼的一颗星，尽管他从不显山露水，甚至低调到沉默寡言。

何以为证？

记得单位年年投票推选优秀公务员，比例有限，名额很少，但数量很少的优秀公务员中常有宝林。他当处长时有他，不奇怪，他是处长里的中坚。他成为领导班子成员时还有他，也不奇怪，他是领导班子里的中流砥柱。当时，一个人如能连续三年获得优秀公务员就可获得一次三等功。截至我调离，宝林居然连续八年获得优秀公务员称号。我调离后听说他还连续着。仅就这连续八年优秀公务员而言就已经实属不易。谁能不会打盹，做到没个断片儿的时候？宝林能。谁又能洁身自好不让人挑出点毛病来？宝林能。谁能二十多年间在一个单位做到“宝刀不老”？宝林能。单位测评是对他工作能力和水平的肯定，更是对他人品的褒奖。

俯仰一世，人之相与，何见人品？素昧平生，人品高下，只能道听途说。只有工作相处才能见人品优劣。工作即做人。没有脱离人品的单纯工作，也没有脱离工作的单纯人品。人品在人际关系中彰显，更在工作中突显。人际关系鸡飞狗跳的，那不厚道；平时工作投机取巧的，那不老实；说话巧言令色的，那不靠谱。宝林为人厚道，童叟无欺；宝林脚踏实地，忠诚可靠；宝林说话靠谱，有一说一。宝林凭着敦厚人品和出色工作能力一路走上领导岗位，无可争议地晋升为一级调研员，在机关实属罕见。与他共事时给我留下的美好印象始终难忘。直到多年后，我还记得与他同事期间的许多美好回忆，并得以在致仕后共同为关心下一代事业再度重聚。

那么，宝林的敦厚人品从何而来?

一个人的人品形成与他的身世有关。我与宝林没有过多交流过彼此的家庭身世和成长经历，但这次完整阅读他的《淡淡星辰》诗集，分明清晰地梳理出他的家世和成长轨迹，为后来理解宝林人品情志提供了一把密钥。

和我一样，宝林也是寒门子弟。只不过比长期生长在农村的我略强的是，他童年生活在里下河地区的乡下，为读书而寄于老家祖屋，再辗转成长于泗阳城郊。但恰恰因为他年少时就生活在多元的环境，倒一点也不比我遭受的苦难要少。从《淡淡星辰》中知道，宝林之“宝”，不仅有宝贵、宝贝之意，应该还有纪念他的出生地宝应的含义。他对童年生活的印象是：“一河南北四十家，朝夕相闻共九霞。谷场嬉玩忘落日，队房墙上乱涂鸦。”(《孩提印记》)这完全是二十世纪六七十年代里下河地区的农村景象，可见，宝林也是农村人。他的父亲 1949 年后在宝应马厂乡下当过赤脚医生，数十年后调动至泗阳城厢医院，“长怀马厂药箱影，难忘城厢清月晨”(《父亲去世十五周年祭》)，在父亲逝世十五周年时宝林透露了他父亲的有关情况。母亲则为家庭妇女，“颠沛一生半苦涩”(《八月十五忆母》)，“数十光阴多浮灾”(《我的姨母舅父》)。如此家道，为了读书宝林才被送回老家跟随小脚奶奶生活了三四年。直到他花甲之年，在《怀念祖母》诗中那段困苦经历还犹在眼前。

“畴昔读书还祖籍，归依祖母整三年。深深院落老棚屋，暮色寒囱一缕烟。”《淡淡星辰》中，宝林有数首诗回忆母亲，无不痛彻心扉。

可以肯定，宝林自小就比较懂事。姐弟多人，家境困难，唯有苦读才有出路。“蓬屋萧然秋叶落，凄清岁月读寒书。”(《曾经的城东小院》)可见当时宝林读书时的不易。直到年近六旬，姐妹兄弟相聚时，他们还在抚今追昔，感慨万千：“又忆从前太窘困，复言今日少艰辛。”(《同怀古楚聚》)即便如此，“早岁雄心多壮志”，宝林却是一个有志向的少年。人有志，且有志于学，能成。宝林读书刻苦，成绩优异，十七岁就考入淮阴师范。但是，个中滋味，甘苦自知。“当年转学去原中，只身寒居在庙东。……形单影只守贫屋，放学归来作田工。匆匆两载无所获，回乡务农岁月穷。心有不甘重返校，孜孜复习毕初衷。”(《读书岁月吟》)庙东这个地名多次出现在他的诗词里，说明他对那段经历的刻骨铭心。师范毕业后，宝林被分配到临河中学任教，转而调进县城众兴中学执教，很快就在学校脱颖而出，承担起校长办公室主任的重任。1987 年元旦，宝林成家。“校舍一间定居所，两人世界夕朝闻。……匆匆半载别妻去，宁泗千里两丛云。”(《执子之手》)婚后半年，宝林考入江苏教育学院本科继续深造。此后，宝林人生好似一路开挂，高歌猛进。

从《淡淡星辰》中探寻宝林的人生轨迹不难发现，宝林工作以后的经历并不复杂。正如他在 2023 年 1 月 19 日写的那样，经历五家，履职两地。所谓五家，我尝试梳理了一下：临河中学，众兴中学，县教育局，县政协，宿迁市工信局（乡镇企业局、经贸委、经信委）；履职两地，即泗阳和宿迁。归纳一下，其实宝林四十一年只从事两项工作，为师和从政。为师十三年，让宝林身上至今还保留着人师风范。从政二十八年，让宝林内心至今还保存着淡定从容的态度。难道宝林为师从政的道路真的就一帆风顺吗？答案未必尽然。凤凰涅槃，浴火重生，一个人的人品和境界形成离不开苦厄和坎坷。尽管宝林在任何场合都没有透露他的人生遭际，但我理解那是宝林自渡苦厄的高洁人品使然。我在《淡淡星辰》中爬罗剔抉，还是寻找到宝林对一度苦闷遭际的“吐槽”。1997年，宝林“一张调令今重见，两担书籍梦未残”，奉调来到刚刚成立的地级宿迁市工作，他对未知前途似乎也有自己的预感。“未晓前程几注雨，只知蹊路多泥丸”，风雨泥泞皆有预判，其势也必然。但是，他还是不惮风险，不惧泥泞，勉励自己“且振精神莫畏难”。不出所料，大约在2006年前后，宝林处于荷戟彷徨阶段。“时光一绺常追忆，奋斗人生几苦寒”（《梦中那一绺岁月时光》）。那一阶段的诗词基调基本如此。至于宝林具体遭遇了什么而如此感慨，我这里不便妄自揣测。是啊，正如宝林所言，“奋斗人生几苦寒”，梅花香自苦寒来，人生何尝不是如此呢？如何度过苦寒？人渡不如自渡。人渡往往执迷不悟，自渡才能觉醒自救。看看宝林如何觉醒自渡吧！

宝林在《读书岁月吟》中说：“先为人师后从政，勤勉不懈沐东风。”好一个勤勉！这不正是理解宝林成长觉醒的一把钥匙吗？想要如沐春风，必须勤勉不懈。连他鼓励儿女成长都反复用到一个“勤”字。他在给十五岁儿子写下的《示儿》中说：“苦练勤思心须静，人生奋发可大成。”人能悟出勤勉的道理且能应用一生，实属难得。

如果说贫困艰辛锻造了宝林吃苦耐劳、奋发向上的品格，那么并不复杂却偶遇坎坷的工作经历又是怎么砥砺了宝林勤勉向上的品格的呢？

这是一个艰难而且复杂的探索。太多的案例告诉我们，家境优渥，自带光环，往往稍加努力即可飞黄腾达。但纨绔子弟少伟男，善始而不得善终者众。家境贫寒，自强不息，贫困往往是激励个人奋发向上的反向推动力。但是，一旦摆脱困境，进而走上领导岗位，又往往要么经不起诱惑，挡不住围猎，要么产生一种补偿心理，向社会加倍索取，善始而善终者寡。草根逆袭的宝林在近二十年的领导岗位上始终保持勤勉向上，善始善终，他是如何做到的？归纳起来，还是“勤勉”二字。

《淡淡星辰》告诉我们，宝林始终胸怀理想。宝林的理想抱负是什么？没听他张扬过。难道是当官？肯定不是！抑或大富大贵？肯定也不是。看看他赞许过哪些伟大名人吧！他在《仰曾公感其境界涵养而作》中写道：“赴难报国功盖世，德才兼备第一流。资质愚钝肯勤奋，家境寻常不躁浮。不惰不骄常自省，大识大智重清修。一生勤勉为师表，后世楷模文正留”，盛赞曾公的完美人格。他在《读〈说岳全传〉》一诗中讴颂了岳飞的报国之志，“乱世为贼寇，称雄几幸存？唯存报国志，万世彪乾坤。”宝林从曾国藩家境寻常不躁浮中总结一生勤勉自省的美德，从岳飞在乱世为贼所害中感悟彪炳万世之功在于报国。那么，宝林在所处位置尚无机会许身报国，怎么办？宝林在2010年的《给奋斗者》中自励道：“风霜雨雪春秋去，日月星辰冬夏来。励志人生方有魄，孜孜奋斗可英才”。我以为，宝林的理想抱负更应当靠近完美人格的曾国藩。工作敬业，恪尽职守；讲信修睦，家庭和美；道德文章，生活丰富。如果生在古代，宝林可能是一位贤能的士大夫。事实上，宝林基本实现了自己的理想抱负。

《淡淡星辰》告诉我们，宝林外圆内方，思维缜密，一贯严于律己。回顾他的工作经历不难发现，宝林起步于教师，从政即搞文字，继而在较长时间内从事组织人事工作。走上领导岗位后先是从事纪检监察工作，转为部门分管领导后长期分管财务工作。无论文字，还是人事，无论纪检，还是财务，都事关政治，事关单位核心，容不得半点差池，来不得半点马虎。口风不紧，就会跑风漏气。把关不严，就会跑冒滴漏。宝林无论在哪个岗位上都能做到风生水起却又滴水不漏，事无巨细却又条理清晰，与钱为伍却又自我洁净，实属不易。但凡有点私心，或碍于情面，都难以把持住自己。我以为，宝林能长期在比较重要的岗位上赢得口碑的根本原因还是在于他心存敬畏，珍惜当下。任何时候，权力都是一把双刃剑。宝林长“剑”善舞，得心应手，正是他律己甚严的表现。达摩克利斯之剑悬于头顶，始终如履薄冰，临危不惧。加上在从事人事、纪检和财务管理工作的同时，贯穿宝林工作经历始终的还有他对文字工作的热心。他不仅业余用文字记录下自己的所思所想，而且更喜欢对工作材料精雕细琢。如此磨砺出的性格让宝林始终无愧于优秀公务员称号。他在《莫贪想》一诗中写道："春花秋月转星辰，利禄功名皆路尘。尽职尽责本分事，奉公克己正精神。"另一首诗更为直白表达了宝林恪尽职守、严于律己的风范："廿五春秋尽本职，几番朝暮多劳疲。任劳任怨务实事，克己克勤守党规。"

《淡淡星辰》告诉我们，宝林始终热爱生活。宝林外冷内热，本质上还是一个文人。何以见得？你看，宝林善于观察，勤于笔耕，几乎每天都有诗词诞生。诗以言情。内心没有波澜，诗情何以澎湃？头脑没有燃烧，诗意何从沸腾？思维不太活跃，诗句从何而来？你看《淡淡星辰》涉猎的题材多广泛：名山大川，风景名胜，古今名人，亲朋好友，工作内容，生活点滴，一花一叶，几乎包罗万象。大到大江大河甚至大海蓝天，小到小花小草甚至溪边蒲柳。我留心注意到，《风物篇》的一百多首诗词，他涉足的异地风光风物尽留笔下，各具特色，突显了宝林的山水之情；《谊情篇》的数十首诗词，道尽了他与亲人、朋友、同学、同事甚至网友的感情，彰显了宝林的冷暖人情；而《颂论篇》的数十首诗词，则表达了他对人和事物的臧否，显现了宝林正义之情。如果说《风物篇》是宝林对山水风景的记录，从中不难发现他寄情山水的情怀的话，那么，《谊情篇》和《颂论篇》则是宝林对人世人生的感悟，从中不难发现他情感丰富的内心。无论寄情于何地何物何人何事，宝林丰富的感情都可以用一个字概括：正。

通读《淡淡星辰》，想用简短的语言概括宝林诗词创作的思想和艺术，很难。不过，拓展一下思路，我又寻找到了另一把打开《淡淡星辰》之门的钥匙——时间。

《淡淡星辰》的每一首诗词下面都标明了创作时间，绝大多数诗题上都有春夏秋冬、风霜雪雨、日月星辰。宝林像一个赶路人，用诗歌记录自己的人生足迹。四十年间，宝林的足迹踏遍大江南北，甚至美国、英国，每到一处，他都对当地的风物充满着新奇感。但我注意到，宝林绝少单纯地游山玩水，他留下的足迹都伴以学习和工作。星夜兼程赶往某地途中，他用诗记录下沿途所见所思；到达某地入住宾馆，他又用诗咏叹周围的环境；在朋友的陪同下游览风景名胜，他还用诗描绘此情此景。若干年后拜读这些诗词，仿佛看到宝林忙碌的身影，从暑假夏令营登崂山开始，时而坐在前往南方招商的车上，时而坐在某个宾馆的窗前品茗，时而回到故地，时而登临庐山、井冈山，时而飞往异国他乡。星光不负赶路人。宝林自谦的淡淡星辰，却在一首首精美的诗词里熠熠生辉。

宝林坚持诗词创作乃至书画创作四十多年，为什么始终很少拿出作品发表？

这是一直困惑我的问题。我没有向他求证，但我以一个与他有着相同经历的过来人揣摩，他不像我，我在业余爱好上有点无所顾忌，甚至孤注一掷，宝林却不想给人一个“不务正业”的印象。他宁愿牺牲自己的时间和才情，压抑蓬勃的灵感和激情，也不愿泄露自己的诗词作品，授人以柄。记得我与他在一个班子里共事时就劝他投稿发表或出版自己的作品，均被他婉拒。这无疑是一种遗憾。他在退休后自谦道："染毫未见半方墨，琢句没刊半纸篇"（《秋日居家省事思进》）。

但是，我想告诉宝林的是：星光不负，你的人生充实圆满，非常成功。你的皇皇诗文如今出版了，正得益于你长期勤勉自律，完全值得骄傲和自豪！

是为序。不当之处，敬请宝林批评指正！

2024 年 3 月 27 日

王清平：1959 年 12 月生，现为国家一级作家、中国作家协会会员、宿迁市作家协会名誉主席、宿迁市关心下一代工作委员会副主任兼秘书长，与《淡淡星辰》作者两度共事。

目　录

第一辑　风物篇

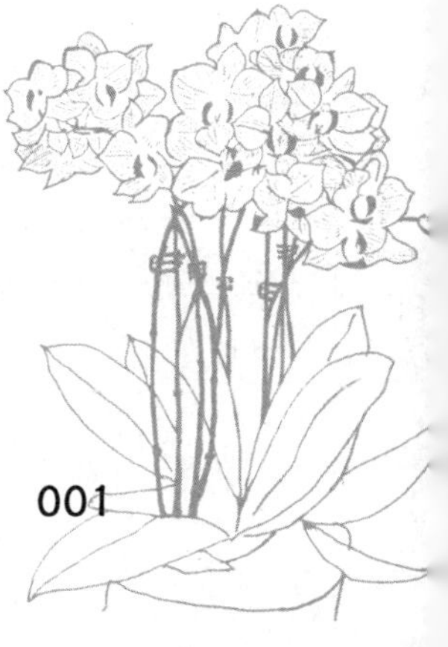

|| 淡淡星辰 ||

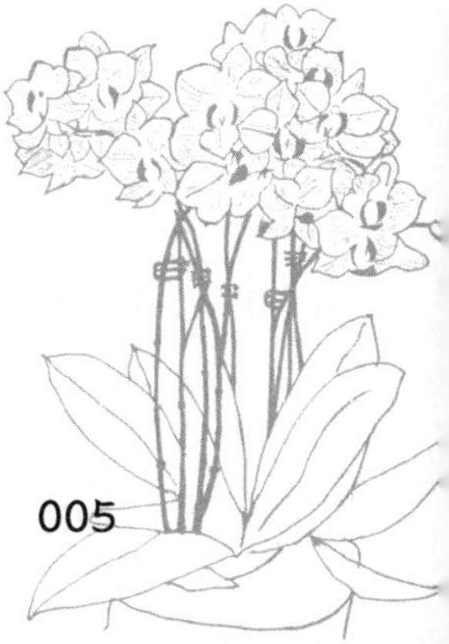

第二辑　谊情篇

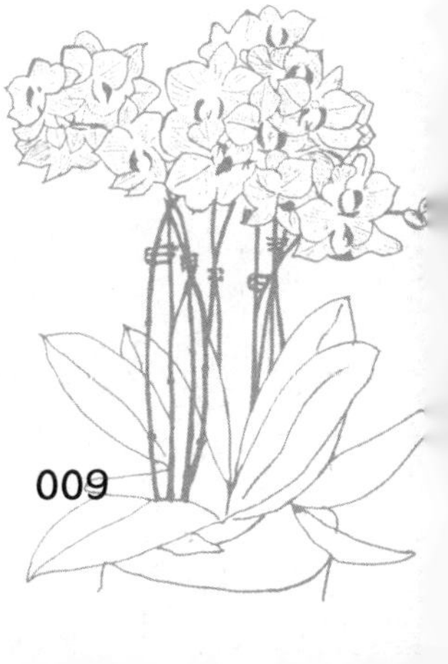

第三辑　颂论篇

第一辑 风物篇

朝霧籠江水
净碧江流至
此兩分開中
洲芳甸水天
接百舸鳴笛
南北来極目
江天成大幕
細觀水泊無
青薹遥思江
首弐州處萬
里奔騰幾飛
埃

秩秩斯干，幽幽南山。
如竹苞矣，如松茂矣。
——《诗经·小雅·斯干》

崂山吟别

荷月①去青岛，新浦②夜半行车早。师生共一厢，一路载歌欢语声。连绵山峰多起伏，烟涛万顷海微茫。古之泰山虽云高，何如东海一水崂。势拔三千四百尺，山海相连水拍石。高临沧海上，崂山餐紫霞，九宫八观七十庵③，道人建寺静修炼。拾级上清宫，银杏蔽日空，两股流水柱，恰似飞玉龙。明霞洞中彩云渡，南天门内灵异府④。山路回转层层难，太清水月“小江南”。日高高兮如火，水清清兮细潺。奇峰异石，气爽云岚。山光海色，美妙无穷。仰首高望不见顶，游人撩衣吹凉风。东南角兮悬崖立，海之仙兮墩上曾休憩。车鸣人喧夕阳还，石老人⑤兮候村南。群山影以水动，惊美起而长嗟。觉窗外之景色，似先前之烟霞。一日游山载满情，夏令营里广收益。别崂山兮明月归，心有依恋意不回。喝口泉水润心田。饱览祖国心中爱，百人欢欣再向前。

（1985 年 7 月 20 日）

注：①荷月：指农历六月。②新浦：此指江苏省灌云县新浦镇，现在海州区。③九宫八观七十庵：崂山道教鼎盛于元、明两代，至清代仍久盛不衰，有“九宫、八观，七十二庵”之称，主要包括太清宫、太平宫、上清宫、明道观、蔚竹庵、太和观、沧海观等。这些宫观洞庵散落在崂山的峰谷崖壑间，香火鼎盛，从者云集，使崂山成为盛极一时的道

教名山。④灵异府：绕崂山的海岸线长达87公里，沿海大小岛屿十多个，构成了崂山的海上奇观。古时人称崂山为“神仙之宅，灵异之府”。传说秦始皇、汉武帝都曾来此求仙。⑤石老人：位于青岛市石老人国家旅游度假区，在石老人村西侧海域的黄金地带，距岸百米处有一座17米高的石柱，形如老人坐在碧波之中，人称“石老人”。石老人是中国基岩海岸典型的海蚀柱景观。

柳絮

柳絮风轻何处家？
翻飞飘泊落天涯。
晴空万里同云曳[①]，
空费形容不是花。

（1995 年 4 月 25 日）

注：①曳（yè）：飘摇。

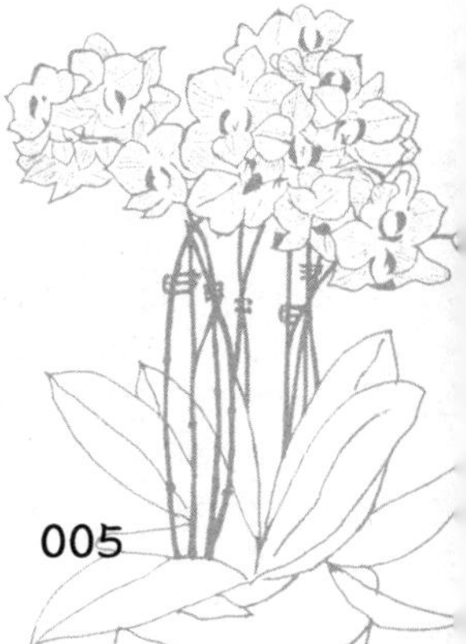

清晨赴应天府[1]沿路掠影

纵横千里满窗影，
一路风光淡月轮。
高速川途[2]接沪北[3]，
昌隆集镇富苍民[4]。
平原广袤三冬美，
水泊[5]恬和[6]村貌新。
卌九春秋新九域[7]，
江南江北尽华春[8]。

（1997 年 1 月 22 日）

注：①应天府：南京旧时的称谓。②川途：即道路、路途。③沪北：此指上海。④苍民：指百姓。⑤水泊：指村野中的水塘。⑥恬和：安静平和。⑦九域：中国的别称。⑧华春：即欣欣向荣、充满生机。

冬在建邺

寒冬四九萧萧去，
白雪纷飞建邺[1]城。
两载春风[2]旧日梦，
卅年秋月故人声。
红楼[3]依旧树葱郁，
淮水[4]新修桥自横。
过客[5]匆匆云淡淡，
石城[6]踏步满怀情。

（1997 年 1 月 24 日）

注：①建邺：南京古称。②“两载春风”句：指笔者曾在南京读书两年。写作此诗时已过去三十年，其间同学多有电话沟通和走动。③红楼：指当时江苏教育学院的教学楼。④淮水：秦淮河古称谓。⑤过客：此指笔者。⑥石城：即石头城，此指南京。

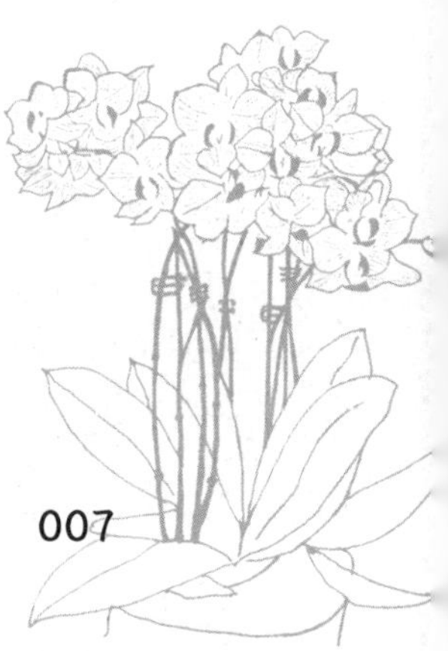

春风中偕友寻故所

阳春三月，受发小所邀一同至旧时学校农场。一路春风拂面，花香四溢，景色宜人，心情畅悦。

春风夕照①芸薹花②，
轻骑如飞至谢家③。
何处飘香人尽醉，
桃花源④处觅韶华⑤。

（1997 年 4 月 8 日）

注：①夕照：傍晚的太阳。②芸薹（tái）花：即油菜花。③谢家：指谢家庄，当时学校农场在其范围内。④桃花源：此指桃花盛开的地方，环境古朴幽静。学校农场周边旧时比较荒芜。农场有屋四间，屋后有一条清澈河流。当时路边生长着已有 10 年期的瘦矮的树，而今此处已种植一片桃树，且桃花正艳。⑤韶华：美好的年华，指青年时期。

南国风情

从华西村返程回宿迁，江南田野美不胜收，青瓦白墙，风情迷人。

空濛①山色雨初晴，
流水潺潺风满盈②。
黛瓦粉墙田野绿，
江南村墅③九州名④。

（1998 年 1 月 14 日）

注：①空濛：细雨迷茫的样子。②满盈：充满、全部占满。③村墅：乡村房舍。泛指村庄、乡村。④名：著名、出名。

观《请您欣赏》风景而作

（一）

蜜蜂飞舞拈[①]花粉，
绿叶香枝清水流。
酿造甘甜纵[②]万顷，
不辞辛苦任风稠。

（二）

水过中石东向流，
卷花翻浪时无休。
人生无处不艰险，
贵在拼搏立浪头。

（1998 年 1 月 16 日）

注：①拈（niān）：用指头夹或捏，采撷。②纵：放任，不拘束。

天净沙·春野黄昏

草黄路白①芦②长，
麦青枝③瘦渠④凉。
犬吠鸡鸣鹅吭⑤，
黄昏路上，
旅人⑥独步他乡。

（2003 年 3 月 23 日）

注：①路白：指泥土路面泛着白色。②芦：芦苇。此指水塘里未割去的经冬芦苇。③枝：树枝。④渠：水渠。⑤吭（háng）：喉咙，这里指用喉咙发声。⑥旅人：指客居在外的人。

子夜残月

玉树①满庭春近暮，
夜风犹感云天②寒。
花斜枝矮三更静，
楼宇深深月半残。

（1999 年 4 月 10 日）

注：①玉树：槐树的别称。②云天：云霄，高空。

雾访龙冈

冬阳[1]未醒客行早，
雾笼草尖露挂梢。
纵越[2]千城万顷绿，
遥途[3]考察[4]半生劳。

（2004 年 11 月 19 日）

注：①冬阳：指冬季的太阳。②纵越：跨越。③遥途：远途。④考察：此指招商考察。

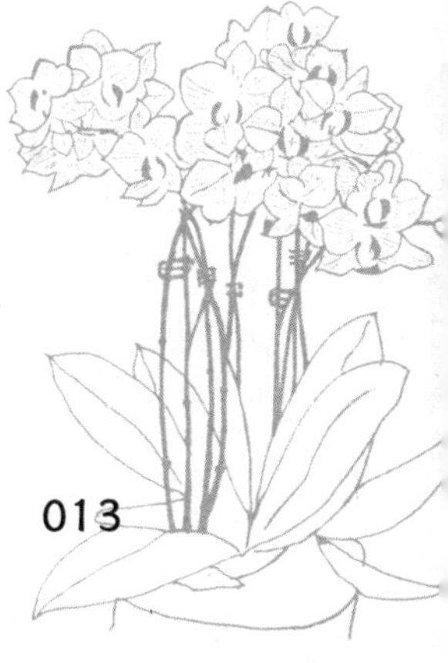

水乡行

（中华通韵）

脉脉斜阳入茂苑[1]，
粉墙黛瓦映阳澄[2]。
青阶[3]同里上秋色，
揽胜阁[4]中意万层。

（2004 年 11 月 20 日）

注：①茂苑：花木茂美的苑囿。古苑名，又名长洲苑。故址在今江苏省吴县西南。后也作苏州的代称。②阳澄：此指阳澄湖。③青阶：中国传统建筑中的重要概念，通常用于描述一楼与二楼之间的阶梯平台。青阶同里：此指同里的明清式建筑。④揽胜阁：此是退思园中的一景，位于退思园坐春望月楼东侧末端，是一座不规则的五角形楼阁。退思园位于苏州市吴江区同里镇，园主任兰生被弹劾落职回乡于 1885 年建造此宅园。取名退思，意在退思补过、退而思进，志在东山再起。

咏周庄

二访周庄①秋叶红，
客游松茂②意稠浓③。
双桥深巷吴风软，
闲叙明清忆旧容。

（2004 年 11 月 21 日）

注：①周庄：位于苏州昆山市，是一座江南小镇，有“中国第一水乡”之誉，始建于 1086 年（北宋元祐元年），有独特的人文景观。②松茂：指松茂堂。沈厅原名敬业堂，清末改为松茂堂，由沈万三后裔沈本仁于 1742 年（清乾隆七年）建成。沈厅：位于周庄富安桥东堍南侧的南市街上。坐东朝西，七进五门楼，大小房屋共有一百多间，分布在一百米长的中轴线两旁，占地两千多平方米，为全国重点文物保护单位。③稠浓：密而浓。

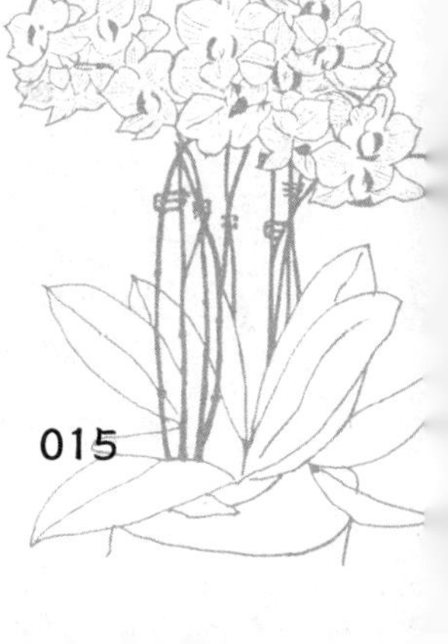

游同里吊任公

浓墨淡描同里画，
退思园①里拜任公。
忠肝义胆雄心在，
再起东山②殒③抗洪。

（2004 年 11 月 21 日）

注：①退思园：位于同里镇，建于 1885—1887 年。建筑精髓在于园主人的性格也巧妙地融在园中每一处。任兰生虽身退但心在朝廷。两年后，园子刚刚完工，一纸公文将任兰生官复原职。这一年，黄河决堤，任兰生被派往皖北抗洪救灾。不料，终因积劳成疾，病死在工地上。②起东山：谓重新出仕，犹“东山再起”。③殒（yǔn）：死亡。

同里船游

廿侣[①]坐扶舟向东，
笑声荡漾雨蒙蒙。
船娘[②]细说江南韵，
小曲氤氲[③]软越风[④]。

（2004 年 11 月 22 日）

注：①侣：此指单位的同事们。②船娘：特指摇橹撑船的女人，与“船夫”相对。③氤氲（yīn yūn）：指湿热飘荡的云气，烟云弥漫的样子。此处指小曲如烟云，气息浓郁。④越风：即南越之风。

秋尽江南

青山隐隐路迢迢①，
秋尽江南草未凋②。
百丈桥横云际③上，
旅人④何处还吹箫？

（2004 年 11 月 22 日）

注：①迢迢：遥远的样子。②凋：指草木花叶枯萎脱落。③云际：云端。④旅人：旅行在途的人、奔走在外的人。虽已秋尽之时，但江南草木葱茏、交通发达、城乡繁荣，到处呈现出一派生机勃勃气息，已不再让旅人有荒芜悲凉之感。

观太湖

湖光潋滟[1]山葱茏[2]，
粉黛[3]民居图画中。
吴越春秋揽胜[4]地，
烟波浩渺碧长空。

（2004 年 11 月 22 日）

注：①潋滟：水波荡漾的样子。②葱茏：草木青翠而茂盛。③粉黛：此指白粉和黑粉。④揽胜：尽情将盛景收于眼底。

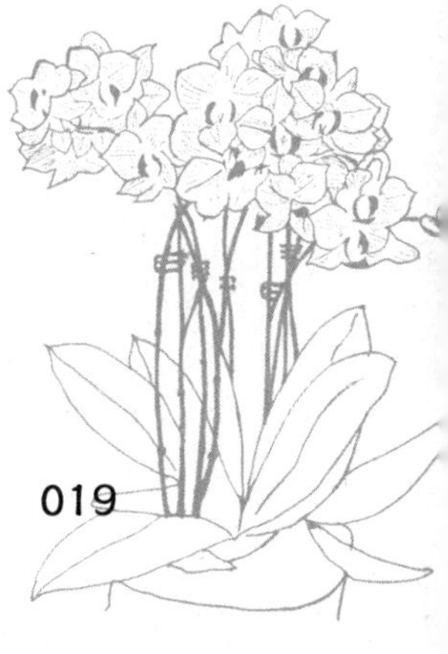

赏雕花楼

（中华新韵）

雕花楼[①]上清香远，
湖[②]上东山[③]秋胜春。
福寿喜财[④]含[⑤]殿阁[⑥]，
匠心独具艺绝伦。

（2004 年 11 月 22 日）

注：①雕花楼：坐落于苏州洞庭东山镇，一座庄园式的仿明建筑，是吴县香山建筑雕刻的代表作。②湖：即太湖。③东山：即东山岛，在太湖东南岸。④福寿喜财：此四个字隐藏在雕花楼各处，一般人难以一一找全。⑤含：藏。⑥殿阁：即楼阁。

晨月

云缺冰轮①涌，
清寒②拂晓风。
才藏楼榭③里，
又跳苍穹④中。

（2005 年 1 月 26 日）

注：①冰轮：月亮的别称。②清寒：清朗而有寒意。③楼榭：泛指楼房。④苍穹：指广阔的天空。

秋雨连绵天未晴

（中华新韵）

夜半西风紧，
声嘶万树鸣。
地湿无燥①处，
气冷未天晴。
龙润②连多日，
闲愁入雨声。
何时红日③至？
无奈厄④轩庭。

（2005 年 10 月 3 日）

注：①燥：干燥。②龙润：雨的别称。③红日：指太阳。④厄：受困。⑤轩庭：居室亭院。

晨景

清晨秋月淡，
昨夜霜千重。
寒气入心骨，
云天①渐渐红。

（2005 年 10 月 8 日）

注：①云天：天空。

天寒夜行

天寒地冻风萧瑟①，
坎坷不平举步艰。
野旷人稀寒气紧，
夜深漆静②几人单？

（2005 年 12 月 4 日）

注：①萧瑟：形容风吹树木的声音。②漆静：黑暗寂静。

月夜登楼吟

皓月千秋照，
清辉洒满衣。
登楼极目远，
倚柱数星稀。
默默苦求索，
茕茕[1]少翳[2]依。
莫悲岁月老，
冬去尽芳菲。

（2005 年 12 月 19 日）

注：①茕茕：孤独的样子。②翳（yì）依：形容树荫浓密，此借指遮挡、依托。

霜寒

霜落清流①寒彻骨，
风吹长夜覆②田庄③。
月斜老树几凝露④？
多少客魂归梦乡。

（2005 年 12 月 27 日）

注：①清流：即秋水。②覆：覆盖。③田庄：田野、村庄。④凝露：凝聚成露。

晓云

早晨赶路上班，天渐明，气渐爽。日月同辉，云天同彩。

拂晓云腾涌，
灯幽①天渐明。
朝晖何②璀璨③，
月淡霞云轻。

（2006 年 2 月 12 日）

注：①幽：光线昏暗。②何：多么。③璀璨：光明灿烂。

春雪

一夜琼华[1]分外冷，
今朝雪脆步蹒跚。
压枝积顶春阳晚，
料峭[2]风吹人面寒。

（2006 年 2 月 28 日）

注：①琼华：雪的雅称。②料峭：形容微寒。

见河滨楼体霓虹灯幕又现吟

依稀古水①滨前影，
夏夜风凉客慢行。
方寸荧屏今又见，
变迁十载②梦中情。

（2006 年 3 月 3 日）

注：①古水：古代时期的河流、泉水、湖泊等天然水源，此指宿迁市区古黄河。②载：年。十年前，在古黄河边一座四层楼体上，每至夜晚便播放霓虹宽幕广告，闪烁耀眼。后因重新建楼，电子屏被拆除。现在做了重新布置，又现当年情景且更华丽。

清晨上班途中所见

天阴光黯雾朦胧，
晨练骄姿复向东。
忽见河[①]中渔网起，
一船春色荡清风。

（2006 年 3 月 15 日）

注：①河：指城区的古黄河。

桃花

黛瓦白墙红粉色，
含荣①怒放因春来。
失魂树下芳香碎，
一夜雨淋满地哀。

（2006年4月8日）

注：①含荣：开花，亦形容茂盛。

落叶

（中华新韵）

当初萌蘖①夜织梦，
雨露阳光渐秀腴②。
待到绿荫千顷后，
雨中零落望春苏③。

（2006 年 5 月 2 日）

注：①萌蘖：指植物长出的新芽。②秀腴（yú）：秀丽丰满，此指树叶渐渐长成，多姿而繁茂。③春苏：春日复苏。

静听溪流

（中华新韵）

八月①清凉云沐秋，
苍穹②无际月如钩。
韶华③不再心依旧，
独坐溪边听水流。

（2006 年 9 月 22 日）

注：①八月：指农历八月。②苍穹：即天空。③韶华：美好的年华。

老龙头①

（中华新韵）

峻岭崇山修塞墙②，
绵延万里震八方。
龙头雄起据渤海，
宁海③固修守海防。
天子④诗文墨印毁，
继光点将⑤军声扬。
两域⑥锁钥⑦无双地，
壮丽中华鼎祚⑧强。

（2006 年 10 月 1 日）

注：①老龙头：坐落于秦皇岛市山海关区城南 4 至 5 公里的渤海之滨，是明长城的东部入海处，向东接水上长城九门口，入海石城犹如龙首探入大海、弄涛舞浪，因而得名“老龙头”。②塞墙：此指万里长城。③宁海：即宁海城。老龙头呈半岛状伸入海中，墙体沿海岸线自然弯曲延伸，由石块垒砌而成，分为入海石城、海神庙等七个部分。④天子：指清康熙、乾隆等皇帝，他们都来过老龙头，留下了大量诗文墨宝，但因八国联军入侵山海关，一切被毁。⑤继光点将：明代隆庆二年（公元 1568 年）至万历十一年（公元 1583 年），戚继光将军担任蓟镇总兵 16 年，防守山海关以南到北京昌平境内 200 公里的长城，当年他经常巡视老龙头，并在此安营驻扎，操练兵马。⑥两域：此指关外的沈阳和关内的北京。⑦锁钥：指在军事上相当重要的地方。⑧鼎祚（zuò）：指国运。

山海关

（中华新韵）

雄称天下第一关，
威武守邦御北藩[1]。
起落西延向定远[2]，
蜿蜒东展入波澜。
犹闻烽火角声起，
仍记东关[3]月色寒。
洪武[4]可知今日事？
九州[5]鼎盛万民安[6]。

（2006 年 10 月 2 日）

注：①北藩：此指北方少数民族。②定远：为嘉峪关的古称谓，在现甘肃西部的河西走廊中部。③东关：此指山海关，是明长城的东端起点。④洪武：此指代朱元璋。洪武十四年（公元 1381 年），中山王徐达奉命修永平、界岭等关，带兵到此地。⑤九州：指中国。⑥安：安定、安宁。

轮渡观海

登舰巡游任远航，
云光①烟霭水茫茫。
海天向晚寻归处，
明月初升况味②长。

（2006年10月2日）

注：①云光：指云层罅缝中漏出的日光。②况味：境况和情感。此指对人生中所发生一切事物的深入感受和体验。

孟女[1]坟

（中华新韵）

逐雾拨云[2]人未见[3]，
海[4]中兀立[5]孟姜坟。
寒衣犹在[6]身何处？
千载块石泣孟君[7]。

（2006年10月2日）

注：①孟女：孟姜女，一说其坟位于辽宁省葫芦岛市绥中县，是从海底伸向海面的两根石柱子。明朝之后，其中一根石柱折断倒塌一分为三，变成了一座隆起的坟丘。②逐雾拨云：指拨开迷雾、驱散乌云。③人未见：指未见着人。近处（山海关以东大约6公里的凤凰山）只有孟姜女庙（贞女祠、孟姜女苑）。④海：此指距山海关城东南10公里的近海。⑤兀立：矗立；直立。⑥寒衣犹在：此指倒在海中的矮石，传说是孟姜女所带的包袱变成，包裹里的东西是带给丈夫的寒衣。⑦孟君：此指孟姜女。

漫步沙滩①

秋凉沙软独徐步②，
隐见③泳民④游海瀛⑤。
云起日斜风正劲，
听潮观海沙无声。

（2006 年 10 月 4 日）

注：①沙滩：此指北戴河的沙滩。②徐步：缓慢步行。③隐见：或隐或现。④泳民：游泳的人。⑤海瀛：大海。

赏荷

秋风瑟瑟掠荷塘，
残叶空林映夕阳。
蓬[1]在香消清瘦影，
铅华[2]洗尽少轩昂[3]。

（2006 年 10 月 4 日）

注：①蓬：此指莲蓬。②铅华：青春年华。此指荷的枝叶繁茂、花苞盛开的生长期。③轩昂：形容精神饱满、气度不凡。

过索道

天架缆绳连海阁，
双舱串串向东来。
游人高踞丛林上，
一览风光天镜[1]开。

（2006 年 10 月 4 日）

注：①天镜：指澄静的湖面。高坐索道舱内远眺，可见远处的湖面，湖面如同一面一尘不染的镜子。

游老虎石[①]公园

（中华新韵）

逶迤海岸更清凉，
潮浪层叠水灏茫[②]。
老虎巨石千古卧，
回眸[③]山岳[④]忆秦皇[⑤]。

（2006年10月5日）

注：①老虎石：指老虎石公园中的入海巨石，形如群虎盘踞，故称。②灏茫：水阔大苍茫貌。③回眸：指回过头来看。④山岳：指又高又大的山。⑤秦皇：指秦始皇，传说他东巡时鞭赶群山至渤海边，一堆礁石变成了老虎。

晨登培训中心楼顶观海

昨夜秋深风犷烈①，
清晨白浪淘②云边。
绿丛深处紫烟③起，
隔岸高楼浮宇天④。

（2006 年 10 月 8 日）

注：①犷烈：粗犷猛烈。②淘：冲击貌。③紫烟：紫色的烟雾。④宇天：广阔的天空。

渝水[1]晚观

晚观渝水浪潮涌，
落寞海滩暮气[2]收。
西岭绵绵云蔽日，
秦皇岛上沐清秋[3]。

（2006 年 10 月 8 日）

注：①渝水：北戴河的古称谓。②暮气收：黄昏时的雾霭收起，指天色渐晚。③沐清秋：沐，蒙受，受泽润。

菊花

（中华新韵）

秋风萧瑟菊风骚①，
红紫黄白尽倩娇②。
艳丽金丝③多妩媚，
端庄皇后④更妖娆⑤。
众芳舒展万千态，
百色竞逐一瓣骄。
菊伴人生莫叙⑥老，
风尘漫漫犹华韶⑦。

（2006 年 10 月 10 日）

注：①风骚：俊俏美好。②倩娇：即娇好。③金丝：指千丝菊之类品种。④皇后：指金皇后品种。⑤妖娆：妩媚艳丽动人。⑥叙：说。⑦华韶：即韶华，美好年华。

杭州依旧

（中华新韵）

二十二载①今重见，
依旧临安②绿满城。
潋滟③水光沉旧影④，
芳华岁月⑤一湖⑥情。

（2007年3月12日）

注：①二十二载：是指相隔22年。1985年第一次与同学到杭州学习考察，游三潭印月，登雷峰塔，行苏堤、白堤……印象极为深刻。②临安：杭州别称。③潋滟：形容水波流动。④旧影：指记忆中的人或事。用来形容对往事的怀念，对现在物是人非发出无端的感慨。⑤芳华岁月：美好的年华，指青春岁月。⑥湖：此指西湖。

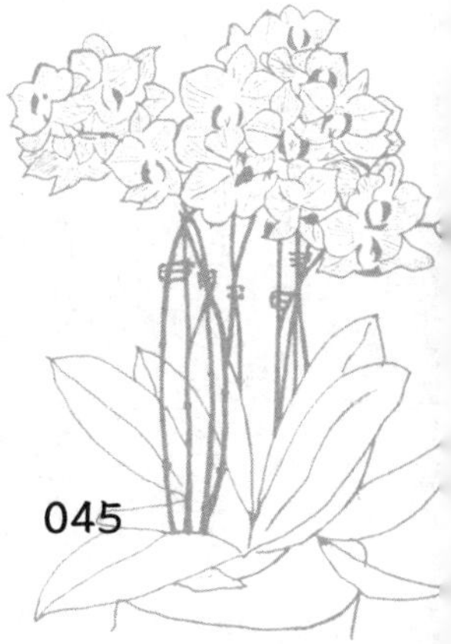

再游西湖

（一）

和风杏雨①意朦胧，
湖畔樱花正粉红。
最爱白堤烟柳处，
游人如缕画屏中。

（二）

西湖佳处影憧憧②，
稠密游人兴致浓。
遥想当年荷叶处，
断桥残雪杳无踪。

（2007 年 3 月 12 日）

注：①杏雨：即杏花雨，清明前后所降的雨。②憧憧（chōng）：摇曳不定，常指不确定的和微弱的波动或运动的树影憧憧。

拜谒沈园留笔

（一）

千年一曲《钗头凤》，
多少游人泪两行。
皆叹有情难眷属，
草亭曲水自心伤。

（二）

当年曲水亭桥上，
唐琬陆游相泪迎。
一寸相思千万绪，
黄藤杯饮酌[1]悲情。

（三）

八旬老者情绵稠，
再访沈园作《春游》[2]。
往事如烟幽梦去，
春花无语水空流。

（四）

情真意切终凄怨[3]，

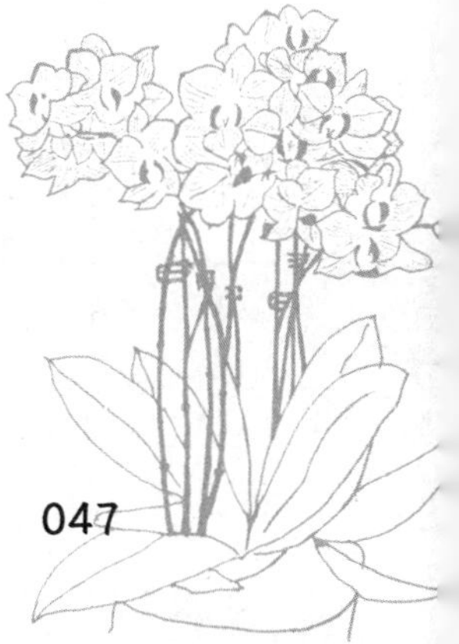

一曲“钗头”历数年。
春色怡人谁泣泪？
难丢酥手④相牵缘。

（五）

草亭衰弊多风雨，
依旧沈园凄怅⑤音。
春色桃花⑥成故事⑦，
悲词⑧难挽寸光阴。

（六）

有泪难言别后思，
角声寒夜⑨心伤悲。
桃花又落春将去，
此恨绵绵难弃离。

（2007 年 3 月 13 日）

注：①酌：斟酒、饮酒。②《春游》：这是陆游生命尽头的爱情绝唱。陆游辞世的前一年，时 84 岁。他不顾年迈体弱，作《春游》诗一首：“沈家园里花如锦，半是当年识放翁。也信美人终作土，不堪幽梦太匆匆。”③凄怨：哀怨。④酥手：陆游曾作《钗头凤》一词，词中有句为“红酥手，黄縢酒……”此指唐琬。⑤凄怅：意为伤感惆怅。⑥春色桃花：指陆游《钗头凤》中“满城春色宫墙柳”和“桃花落，闲池阁”句。此喻陆唐当年相见时百感交集的情景。⑦故事：指过去的事。⑧悲词：此指《钗头凤》这首词。⑨角声寒夜：唐琬看了陆游的《钗头凤》之后，作了一首和词，有“角声寒，夜阑珊……”的词句。

回味咸亨

（中华新韵）

（一）

咸亨酒店一杯酒，
茴豆两碟缕缕香。
不见当年孔乙已，
水牌①赊②账三秋长③。

（二）

百年老店又一春，
扩建整装④面貌新。
咀味厅堂空古韵，
柜前已少旧时人。

（2007 年 3 月 16 日）

注：①水牌：即指旧时登记账目或记事用的漆成白色或黑色的木板或薄铁板。②赊：赊欠。③三秋长：指时间长久。《孔乙已》结尾写道："自此以后（指那年中秋之后），又长久没有看见孔乙已。到了年关，掌柜取下粉板说，'孔乙已还欠十九个钱呢！'到第二年的端午，又说'孔乙已还欠十九个钱呢！'到中秋可是没有说，再到年关也没有看见他。"④整装：整理（环境）。⑤咀味：体味。

招商归途中观太湖

（中华新韵）

湖面无边水灏茫①，
渔舟泛碧秋初凉。
当年②蓝藻③今何处？
依旧风光鸥鹭翔④。

（2007 年 9 月 29 日）

注：①灏（hào）茫：水阔大苍茫貌。②当年：指 2007 年，即太湖蓝藻事件发生的年份。③蓝藻：不含叶绿体、能进行产氧性光合作用的大型单细胞原核生物。2007 年 5、6 月间，由于水源地（指太湖）附近蓝藻大量堆积，产生了大量的氨、硫醇等异味物质，其毒素对水源的污染使得当地的水质严重下降，给周边百万居民的生活带来了巨大影响。后相关部门对此进行专项治理并取得成效。④翔：飞翔。

秋思

秋风阵阵撩①窗页，
愁绪无端入满怀。
远眺云烟天地阔，
一窗风景无边涯。

（2007 年 10 月 25 日）

注：①撩：掀开。

咏春雪

晚归遇纷纷扬扬春雪，沾满身而衣白。忆前年冬雪，无限思绪。

纵情飘洒落千村①，
古楚②茫茫雪满轩③。
时令已非三九④日，
柳风吹过皆无痕。

（2008 年 2 月 25 日）

注：①千村：泛指众多村落。②古楚：此指宿迁。③轩：有窗的小屋，此指房屋。皑皑白雪铺满了屋顶。④三九：指从冬至开始的第三个“九”。

写在梅雨时节

黄梅时节家家雨，
水漫草长小径深。
叶动风轻无觅处，
梧桐落寂①响空音②。

（2008 年 6 月 23 日）

注：①落寂：即寂寞。②空音：清越的声音。此处表明人如梧桐落寂而无杂念，追求精神上的放松与超脱。

初夏于洪泽旅游度假村小憩

湖面风轻波几许，
富陵[1]堤岸柳条新。
浩茫[2]不解湖中事，
一片绿荫可憩人。

（2008 年 6 月 27 日）

注：①富陵：即富陵湖，为洪泽湖古称谓。②浩茫：广阔无际的样子。

探游九天洞

游山东沂源九天洞，见溶洞内奇葩朵朵，玲珑剔透，组合精巧，高贵细腻，令人赏心悦目。

鲁山脚下九重天，
溶洞花开已万年。
百景千姿何处有？
沂源避暑可为仙。

（2008 年 7 月 2 日）

乡村风雨后清晨入眠

（中华新韵）

暴风骤雨疾疾[1]去，
凉爽气清[2]又入眠。
南屋沉酣[3]天破亮[4]，
细丝轻软散如烟。

（2008 年 7 月 27 日）

注：①疾疾：快速貌。②气清：空气清新。③沉酣：沉睡、熟睡。④破亮：即破天亮，天刚亮的时候。

夏夜暴雨问绵竹桑麻

昨夜狂风暴雨骤，
今晨几处树横斜？
水流满地路不畅，
遥念[1]绵竹[2]问桑麻[3]。

（2008 年 7 月 31 日）

注：①遥念：思念远方的人。②绵竹：即四川省绵竹市。汶川地震后，宿迁市对口支援四川省绵竹市绵远镇。写下诗作的不久前笔者随队刚对口支援归来，一切正在援建之中。③桑麻：指农事。

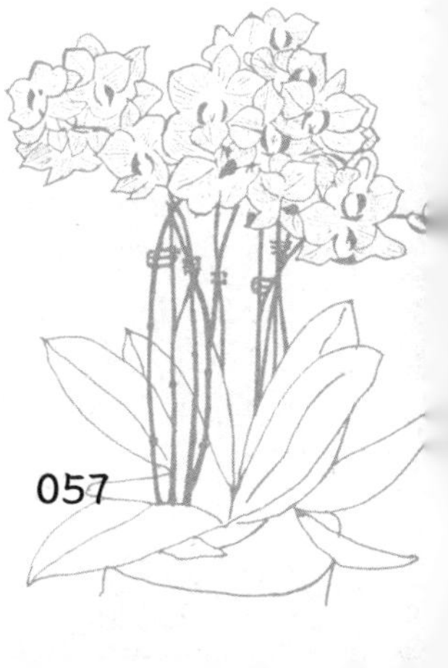

秋韵

（中华新韵）

秋风凉月人怡爽①，
万里清光②思韵③长。
拂却暑湿④心洁静⑤，
精神焕奕⑥书新章⑦。

（2008 年 8 月 18 日）

注：①怡爽：安适明朗。通常指一个人心情愉悦、开朗痛快。②清光：皎洁明亮的光辉。③思韵：思绪与情韵。④暑湿（shī）：炎热潮湿的意思。湿：潮湿。⑤洁静：清静。⑥焕奕：光彩焕发。⑦新章：新的开始或新的篇章。

至枣庄

车驶枣庄②已丙辰①，
崭新城市焕精神。
依稀昔日尘飞起，
谷翠③新藏四季春。

（2008 年 8 月 22 日）

注：①丙辰：指上午 7—9 时范围。②枣庄：位于山东省，属产煤区，故称煤城。③谷翠：谷翠峰，位于莲青山中，此代指莲青山。莲青山被誉为天下第一情山。风景区内群山数峰争雄，绵延 26 公里。莲青山文化积淀浓厚，生态环境优美。山景、谷景、林景、水景等景观类型多样。

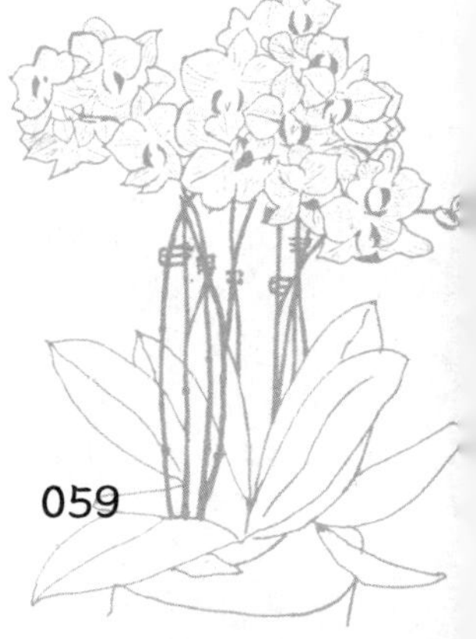

观石榴园

石榴漫野①葱茏②景，
草屋藏林绝雾尘③。
苑品④珍稀可冠世⑤，
虬⑥枝苍劲俱精神。

（2008年8月23日）

注：①漫野：田野里到处都是。②葱茏：草木青翠而茂盛。③雾尘：指由悬浮在大气中的微小尘粒、硫酸、硝酸等颗粒物组成的雾霾。这些颗粒使空气变得混浊，能见度降低。④苑品：指上林苑的果品。匡衡为枣庄人，其在京做官期间，时为宰相的他将上林苑的石榴引到家乡栽培，现已营建成世界上最大的石榴园。⑤冠世：超凡出众，天下一流。⑥虬枝：蜷曲的树枝。

再访济宁

半载无音①又造访②，
此番再住经纬庄③。
名达④贤士圣人地，
六巷三街⑤却泛常。

（2008 年 8 月 24 日）

注：①音：音信。②造访：意思是前往访问、拜访。③经纬庄：指经纬大酒店。④名达：有名望的贤人。济宁为孔孟之乡，文化底蕴浓厚，多有名达贤士。⑤六巷三街：泛指大街小巷。⑥泛常：一般，寻常的。

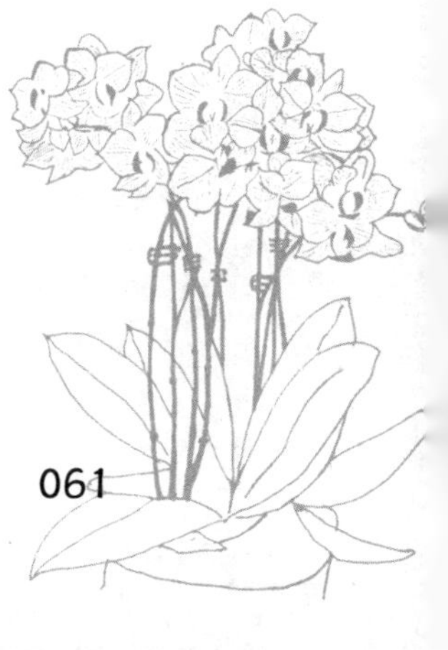

题常熟

东南一角葱茏[①]地，
毓秀钟灵[②]意蕴[③]深。
千载名城[④]秋月色，
今朝喧响[⑤]太平音[⑥]。

（2008 年 10 月 5 日）

注：①葱茏：草木青翠而茂盛，引申为旺盛美好等。②毓秀钟灵：即钟灵毓秀。意思是凝聚了天地间的灵气，孕育着优秀的人物。指山川秀美，人才辈出。③意蕴：指事物所蕴含的深刻内涵或情感。④名城：意思为著名的城市。历史上，许多城市因其文化和历史背景而被称为名城。常熟远有孔门“十哲”之一的“南方夫子言偃”，近有清代两朝帝师、状元宰相翁同龢等一大批著名的历史人物。自唐至清，常熟共出了 9 名宰相、8 名状元、483 名进士。⑤喧响：发出喧闹的声音。⑥太平音：即（一片）太平盛世的景象。

清晨秋雾南下招商即景

（中华新韵）

轻薄秋雾含清冷，
沉寂[1]无声人影空。
日月星辰无限事，
车鸣惊破雾千重[2]。

（2008 年 10 月 17 日）

注：①沉寂：非常寂静。②千重：形容多。

再说南浔[1]

商贾云集繁盛地，
江南诗画蚕丝乡。
象牛金狗[2]从前事，
依旧繁华名四方。

（2008 年 12 月 12 日）

注：①南浔：即湖州南浔区。明清时期为江南蚕丝名镇，是一个人文资源充足、中西建筑合壁的江南古镇。此地出现过民国奇人张静江，“西泠印社”发起人之一张石铭，著名散文家徐迟等。②象牛金狗：南浔富商望族众多，有“四象八牛七十二小金狗”之说，皆资本雄厚。

元宵之月

浩瀚重霄[①]空月悬，
清辉洒落宿中园[②]。
长思无计韶华[③]逝，
独步清池[④]心自闲[⑤]。

（2009 年 2 月 10 日）

注：①重霄：天空的别称。②宿中园：此指笔者所住新宿中花园小区。③韶华：美好的时光、美好的年华。④清池：水色清澈的池塘。⑤自闲：悠闲自得。

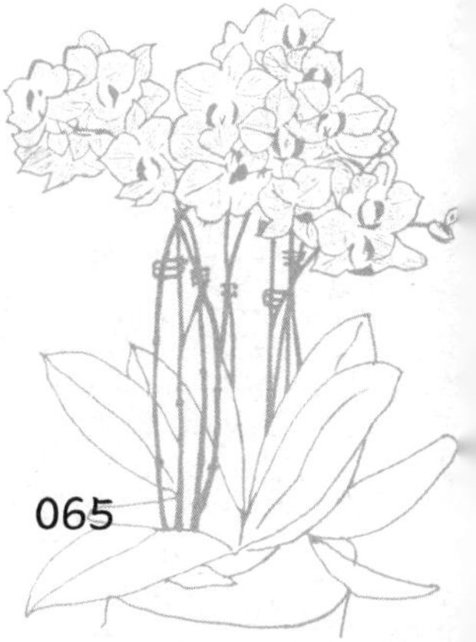

在高速公路上春行

天朗气清麦返青，
春风一路萧萧[1]行。
倚窗[2]倏[3]见灿黄色[4]，
草木萌生将发荣[5]。

（2009 年 3 月 25 日）

注：①萧萧：冷落凄清的样子。初春尚未着青的树木仍然光秃秃的，树干透着墨黑色，呈萧条景色。②倚窗：靠着窗户。③倏：迅速、忽然。④灿黄色：金黄色，此指一簇簇迎春花色。⑤发荣：（草木）生长茂盛。

暮春

花颜未褪少娇丽①，
天气清和②树有荫。
云舞③杨花无尽意，
春光渐老碎光阴。

（2009 年 4 月 20 日）

注：①娇丽：娇艳美丽。②清和：晴朗和暖。③云舞：翩翩起舞。

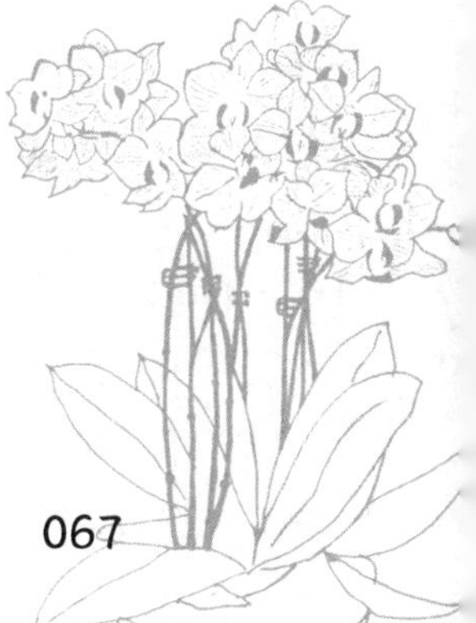

攀爬天柱山

（中华新韵）

天柱山[1]摩[2]云际[3]上，
空中索道缓缓行。
仙宫雾绕路崎峭，
气喘汗湿山岳[4]情。

（2009 年 7 月 27 日）

注：①天柱山：位于安徽省安庆市潜山市西部山地。以雄、奇、灵、秀而著称于世。②摩：接触、接近。③云际：天边，天地交接的地方。④山岳：又高又大的山。此句指从山底一路爬上去，气喘吁吁，大汗淋漓，然痛快至极。

庐山行

（古风）

苍翠庐山清逸[1]地，
洋楼百式[2]丛林中。
桃花苑[3]里赏花蕊，
西谷湖[4]中沐晓风。
墅[5]内风云榷[6]抗日，
洞前暮色吟苍松。
夜街喧闹朝云卧，
湖口[7]浪平映碧空[8]。
九叠屏风三叠水，
更无诗句可形容。

（2009 年 7 月 26 日）

注：①清逸：清静脱俗。②洋楼百式：此指庐山有百座各式各样小洋楼。③桃花苑：庐山上的一处胜景。④西谷湖：此具体指西谷中的如琴湖。湖与花径组合一体，成为丰姿幽雅的胜地。⑤墅：此指美庐别墅。⑥榷：商讨、研究。⑦湖口：指含鄱口。⑧碧空：指蔚蓝色的天空。

吟秋雨

秋风入梦雨绵绵，
缕缕丝丝意万千①。
天色苍茫云雾起，
推窗楚野②皆轻烟。

（2009 年 8 月 29 日）

注：①意万千：思绪万千或感慨万千。②楚野：楚地田野。宿迁古为楚地。

在太平洋上飞行

别沪①高飞向远天②，
歇停首尔③再云穿④。
机舱黯淡⑤昧⑥昼夜，
双翼驱风⑦逐雨烟。
端看显屏⑧红点线⑨，
俯观蓝色千寻⑩渊。
茫茫沧海有何惧？
一日飞航⑪抵⑫LA⑬田。

（2009 年 11 月 17 日）

注：①沪：上海简称。②远天：遥远的天空。③首尔：即韩国的首都。④云穿：即在云层中穿越。⑤黯淡：光线昏暗、不光明。⑥昧：不知。⑦驱风：形容快速。⑧显屏：指显示屏。飞机上，每位乘客的面前都有一台小电视机（PTV）。⑨红点线：此指在 PTV 上看到的行径路线，时时都能看到线路上的红点移动。⑩寻：古代长度单位，八尺为一寻。⑪飞航：飞行。从上海到洛杉矶共计飞行一万多公里。⑫抵：至，到达。⑬ LA：是洛杉矶的英文简称。

游祖山①

山顶云飘浮，
心随画境游。
秋风渐渐起，
崖壁②竞风流③。

（2010 年 1 月 6 日）

注：①祖山：在秦皇岛青龙县境内，山中有奇险的山景和明秀的水景。②崖壁：山崖的陡立面，此指大的石头。大自然的鬼斧神工在祖山的峰巅沟壑雕塑了很多似人似兽的奇石。“唐僧盼徒”“金陵十三钗”“伯牙弹奏”……惟妙惟肖的象形奇石随处可见。③风流：风采。

在黄酒博物馆

流连会稽[1]几番饮，
黄酒一杯风韵[2]流。
香气浓浓六味[3]厚[4]，
花雕[5]工致[6]名千秋。

（2010 年 6 月 23 日）

注：①会稽：即绍兴。②风韵：食品的风味。③六味：因甜、酸、辛、苦、鲜、涩六味一体互相影响、平衡、和谐地融合，故味醇而和，芬芳冽口。④厚：（味道）浓郁。⑤花雕：一般指花雕酒。花雕酒属于黄酒，是中国的传统特产酒。据记载，花雕酒起源于6000年前的山东大汶口文化时期。花雕酒中字号最老的当数绍兴的花雕酒。⑥工致：工巧精致。

泛游黄浦江览万国楼群

（中华新韵）

黄浦江中泛水游，
万国楼[①]宇眼前收。
雄浑凝重宏伟景，
百载时光风雨稠。

（2010 年 7 月 17 日）

注：①万国楼：指上海外滩矗立着的一片租界时期的高楼大厦。

归途月下吟

（中华新韵）

深夜从省城匆匆而归，唯虑翌日尚有诸多案头事务处理。昼夜劳顿，不敢懈怠。透过车窗，明月高悬，心有所感。

明月当空照，
秋深夜更凉。
路途千里远，
幽绪[1]万丝长。
依旧披银色[2]，
仿佛在故乡。
追思[3]往日事，
缕缕入辰光[4]。

（2010 年 11 月 25 日）

注：①幽绪：郁结于心的深切连绵的思绪。②银色：指月色。③追思：追想、回想。此句指笔者回忆年少时在乡村生活的艰难情景，记起深夜月下在田垄辛勤劳作拉棉秸、切山芋干等事。④辰光：时光。

新柳

（中华新韵）

陪女儿回校，归途中见高速公路一侧的垂柳已吐出芽黄，春意兴勃，生机将盎然一片。

垂柳着黄色，
圩田①初见春。
雨湿催树绿，
风过自纷纭②。

（2011 年 3 月 20 日）

注：①圩田：意思是位于水边或低洼地的农田，这些地方通过筑堤来围地开垦。②纷纭：多而杂乱貌。

四望亭[1]上看金陵暮春夕景

夕阳残照城墙外，
云彩随波江水长。
窗外无边暮色景，
蘖枝[2]疏落[3]意[4]轻飏。

（2011 年 5 月 5 日）

注：①四望亭：位于南京八字山公园。②蘖（niè）枝：泛指树枝。③疏落：稀疏零落。④意：心绪。⑤轻飏：轻轻飘扬。

世业洲①临江吟

世业洲居长江之中，润扬大桥之下。在此可见江水浩荡接天，真佳境也。晨练可闻清脆鸟鸣，可见芳草萋萋、别样花妍。登金陵润扬大桥酒店九楼，江宽水白，一览无余。

朝雾笼江水净碧②，
江流至此两分开。
中洲③芳甸④水天接，
百舸鸣笛南北来。
极目江天成大幕，
细观水泊无青苔。
遥思江首戎州⑤处，
万里奔腾几碧埃？

（2011 年 6 月 25 日）

注：①世业洲：为长江中的冲积洲，约 44 平方千米，绿树环村，苗青芦长，田舍隐约。有记载说，世业洲原名胭脂花粉洲，又名泗叶青沙洲。清乾隆间，阮元为承袭其胭脂花粉洲上的家业，遂改洲名为“世业”，意为世代承袭之家业。②净碧：明净青碧。③中洲：洲中也，水中可居者曰洲。④芳甸：芳草丰茂的原野。⑤戎州：宜宾别称。⑥碧埃：青色的烟雾。

招商赴姑苏道上

天色茫茫山渐远，
驱车拜客①伴辰星②。
犹思昨日姑苏③事，
经月④流年身似萍⑤。

（2011 年 8 月 18 日）

注：①拜客：指拜访客商，即招商。②辰星：东方的星宿。③姑苏：即苏州。此句意指前段时间在苏州连续举办的两次专题招商会的事。④经月：指经历了很长时间或很久的岁月。⑤萍：水中漂浮植物。笔者时常外出招商引资，四处辗转拜访邀客，人如浮萍一般漂泊不定。

春花又满枝

南下招商才五日，
归来春煦①劲风吹。
艳阳高照晴方好②，
满院③花开千万枝。

（2012 年 4 月 4 日）

注：①春煦：春天和煦的阳光。②晴方好：形容晴朗的天气景色非常美丽。③院：此指笔者所住小区兴鸿一品。每年春天，满树的小白花张扬着春天的气息，使人顿时振奋精神。年年如此，常常感怀。

咏日月潭

别一洞天①日月潭，
重深②难测尽清涵③。
猫嘴山④上观潭景，
拉鲁岛⑤中整布衫。
漫步潭边风疾劲⑥，
吟咏游艇景非凡。
赏樱⑦须待明春至，
且作韵诗⑧送远帆。

（2012 年 8 月 25 日）

注：①别一洞天：日月潭在清朝时即被选为台湾八大景之一，有“海外别一洞天”之称。②重（zhòng）深：幽深、深邃。③清涵：指清而深的水。④猫嘴（lán）山：坐落在日月潭北侧，是俯瞰日月潭全景及观赏日出的理想地点。⑤拉鲁岛：位于日月潭中心，同时也是日月潭地标。拉鲁岛到如今仍有其神圣性和象征的意义。⑥疾劲：强劲。⑦赏樱：此为日月潭每年迎春的盛事。九族文化村数以千计的台湾山樱与日本八重樱绽放。九族樱花祭，始于 2001 年，是台湾规模最大、持续最久的赏樱活动。⑧韵诗：韵体诗。

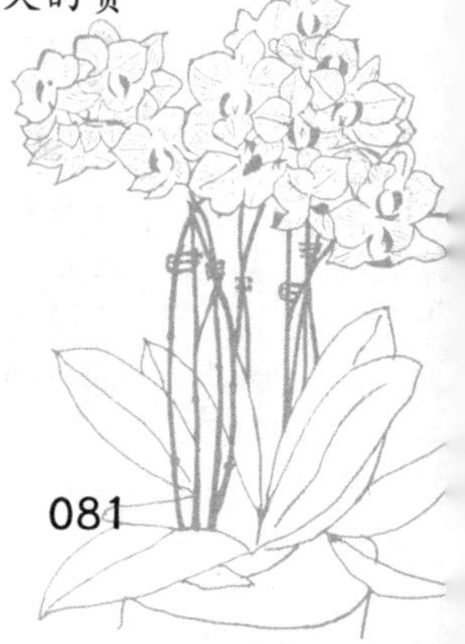

行走伦敦

（古风）

落机初识希思罗[①]，
不落国度[②]境[③]几何？
泰晤士河卧帝里[④]，
大英博馆尽包罗[⑤]。
伦敦眼[⑥]瞰雾都[⑦]景，
大本钟[⑧]传世纪歌。
富丽汉宫[⑨]奇巨阵[⑩]，
温莎城堡[⑪]依[⑫]巍峨。
沧桑帝国风云散，
厚重伦敦意韵[⑬]多。

（2012 年 9 月 2 日）

注：①希思罗：东距伦敦市中心 23 千米，为 4F 级国际机场。②不落国度：指英国。巅峰时期殖民地大约有 50 多个，遍布全球，无论何时都能看见太阳。③境：境况。④帝里：指京都，此指伦敦。⑤包罗：包括，指范围大、门类多。⑥伦敦眼：坐落在泰晤士河畔，又称千禧之轮，是世界上首座观景摩天轮。⑦雾都：指伦敦。⑧大本钟：又称伊丽莎白塔，1859 年完工。世界上最大的哥特式建筑，是伦敦标志性建筑之一。⑨汉宫：指白金汉宫。⑩巨阵：指巨石阵，是世界七大奇迹之一。它可能是由一群石匠在公元前 4000—公元前 2000 年左右建造的，至今仍是一个谜。⑪温莎城堡：是英国王室温莎王朝的家族城堡，距伦敦近郊约 40 公里，气势雄伟，挺拔壮观。⑫依：依旧，按照，像过去一样。⑬意韵：意境和韵味。

寒风声中浅浅吟[1]

（中华新韵）

昨夜风疾冬料峭[2]，
小窗摇动惊云心[3]。
怀思[4]旧岁[5]枝头月，
眺望人生浅浅吟。

（2013 年 12 月 21 日）

注：①浅浅吟：即小声吟咏。②料峭：形容风力寒冷、尖利。③云心：形容闲散如云的心情。④怀思：怀念、思念。⑤旧岁：意思是过去的一年。

中秋对月

秋蝉噪①柳苑，
心静西风②凉。
万户邀明月，
何时归故乡？

（2014 年 9 月 16 日）

注：①噪：虫鸟鸣叫。②西风：即秋风。

月牙湖[1]花园晨练所见

春晨湖畔人喧亭[2]，
雾笼花园[3]百鸟鸣。
垂钓不知鱼去处，
闲听音乐自神宁[4]。

（2016 年 3 月 19 日）

注：①月牙湖：位于南京市秦淮区，西临明城墙，东望紫金山麓，因湖面呈月牙形而得名。②亭：公园（花园）里点缀且可休憩的建筑物。③花园：指月牙湖花园。④神宁：神态镇定自若的样子。

晨步古城墙下

（中华新韵）

湖[1]边城壁[2]暗风尘[3]，
雄壮厚实[4]树映身。
六代皇朝[5]龙脉在，
悠悠湖影照今人。

（2016 年 3 月 19 日）

注：①湖：此指月牙湖。②城壁：指南京古城墙墙壁。③暗风尘：指物体在岁月流逝中慢慢风化而渐渐失去往日风采。④厚实：宽厚结实。⑤六代皇朝：指六朝，即南朝六朝，三国吴、东晋及南朝的宋、齐、梁、陈六个朝代先后建都建康（今南京）。

赴南京途中咏梧桐

路过盱眙，见乡村人家处有几棵高大梧桐树，花正盛开，堪为风景。

淡绿花开河①岸北，
独妍②村落静无声。
春风摇曳③千枝茂，
北往南来客送迎。

（2016 年 3 月 29 日）

注：①河：指淮河。②妍（yán）：美丽。③摇曳：指东西在风中轻轻摆动的样子。

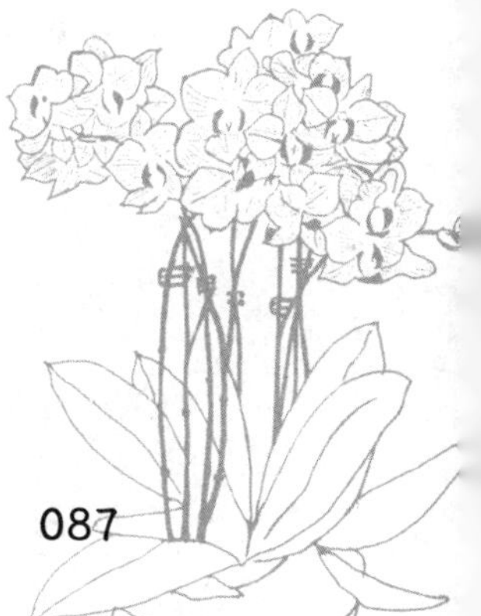

重见西湖

（中华新韵）

转瞬时光山水间，
三十二载[1]心思存[2]。
同窗邀泛西湖上，
知友[3]携寻梅鹤轩[4]。
印月[5]清虚[6]风景秀，
观鱼[7]熙攘[8]游人喧。
两堤一塔[9]皆足迹，
岁月无声少印痕[10]。

（2016 年 5 月 12 日）

注：①三十二载：32 年。此指 1985 年春夏之交时同班同学一同游西湖的情景。②思存：思念、念念不忘。③知友：即知心的朋友。④梅鹤轩：此在西湖美术馆的对面。诗人林逋一生没有结婚，他把梅花当作妻，把仙鹤当作子。⑤印月：指三潭印月。⑥清虚：清净虚无。⑦观鱼：指花港观鱼。⑧熙攘：形容人来人往，忙碌纷纭。⑨两堤一塔：指苏堤、白堤和雷峰塔。⑩印痕：即留下的痕迹。

正月初五吟雪

轻盈雪落悄无影，
风紧气寒少客踪①。
日出湖②东冰雪冷，
清新世界意空空③。

（2017 年 2 月 1 日）

注：①客踪：指旅客的行踪，此指旅者雪中的脚印。②湖：此指骆马湖。③意空空：指什么意念、思绪都没有。

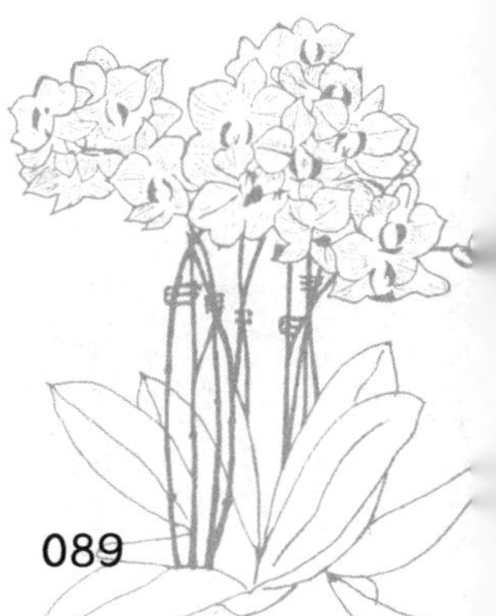

清月①

正月十六晚，带外孙女沈婳下楼。见一轮明月悬挂夜空，清澈明亮。沈婳欣喜，踮起脚跟将手中的喜羊羊玩具举起眺望着，稚幼可爱。

玉盘②多妩丽③，
幽静清柔风。
踮脚仰天望，
嫦娥④绮媚⑤容？

（2017 年 2 月 12 日）

注：①清月：清澄的月亮。②玉盘：此指月亮。唐李白《古朗月行》诗云：“小时不识月，呼作白玉盘。”③妩丽：秀丽有风致。④嫦娥：中国古代神话中的人物，后羿之妻，因偷吃了不死药而飞升至月宫。⑤绮媚：美丽可爱的意思。

潍坊写意

迢迢北上访鸢城①，
地冻天寒不见筝②。
横竖枝桠③寒鹊④屋，
人稀车少皆⑤风声。

（2017 年 12 月 11 日）

注：①鸢（yuān）城：此指潍坊，又称鸢都，自然环境好、文化底蕴厚实。②筝：风筝。此句指在这寒冷的冬季，已看不见空中风筝。③桠：成叉状的树枝。④寒鹊：寒天的鹊鸟。此句指冬季光秃秃的树杈上随处可见鸟鹊的窝巢。⑤皆：都。因天寒地冻，此时少有人户外活动，因而只见车在行驶。

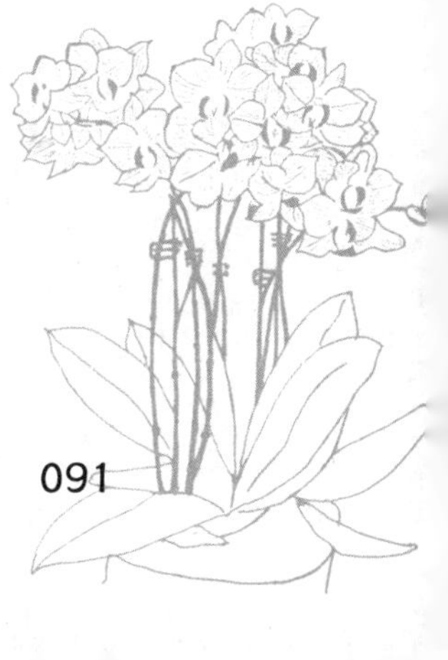

别潍赴烟[①]

别潍东向朔风[②]吹，
途览风光自悦怡[③]。
一路胶东冬日景，
远方可赏雪华[④]姿。

（2017 年 12 月 12 日）

注：①潍、烟：分别指潍坊、烟台。②朔风：指冬天的风，也指寒风、西北风。③悦怡：喜悦、愉快。④雪华：雪花。此句指气象预报烟台有大雪，车至时已白茫茫一片。

雪中到烟台

烟台飞雪楚人[1]来，
万树白花满地开。
百品海鲜果味[2]淡，
人间胜境[3]在蓬莱[4]。

（2017 年 12 月 13 日）

注：①楚人：指西楚之地的人。②果味：苹果醋味。苹果醋一打开，即飘来淡淡的甜香醋味。倒出来色泽像清茶，清澈透底。此指笔者风雪中初到烟台，品尝了小餐馆各式海鲜馅水饺和用苹果酿制的醋，很有地方特色。③胜境：佳境，风景优美的地方。④蓬莱：指蓬莱岛。此位于烟台市蓬莱区三仙山风景区。

拜见荣城

荣城[1]地尽天无尽，
信用[2]无形惠万村。
雰雾[3]隐约东楮岛[4]，
秦皇汉武[5]古风存。

（2017 年 12 月 13 日）

注：①荣城：位于胶东半岛，海洋生物食品是其特色产业。②信用：指社会信用。社会信用既是无形的力量，也是无形的财富。此句意思是，荣城通过社会信用管理推进了社会治理和帮助万户渔民发家致富，形成了“荣城模式”，在全国产生积极的影响。③雰（fēn）雾：雾气。④东楮（chǔ）岛：在荣城境内，被誉为生态民居的活标本。⑤秦皇汉武：史书中记载了秦始皇先后两次来荣城筑桥立祠、观海祀日，汉武帝也曾前来拜日主。

造访张裕酒文化博物馆

一缕酒香传百年①，
兴邦创业国人先。
烟台胜地②葡萄醉，
海纳百川③芳韵绵④。

（2017 年 12 月 13 日）

注：①百年：指创始人张弼士于 1892 年斥资 300 万两白银，购下烟台东部和西南部两座荒山，雇用 2000 劳工辟了 1200 亩葡萄园。又在市区近海处购地 60 亩，建起一座两层生产工作楼。至此，中国第一座带有现代工业色彩的葡萄酿酒公司初现格局。②胜地：景色宜人好地方。烟台拥有上百年酿酒葡萄栽培历史，是中国典型的优质葡萄酒产区。优质风土为葡萄的生长提供了得天独厚的生长条件。这里阳光充足，有利于酿酒葡萄的生长。这里独特的海洋性季风气候赋予了葡萄酒优雅细腻的风格。③海纳百川：此指张裕的解百纳。张裕解百纳干红吸收了 3 种葡萄的精华，有“海纳百川”之意，故取其名。④绵：（味）绵长。

荣城观海

立台[①]观海日初升，
极目静听逐浪声。
海岸高楼青嶂[②]外，
水天一色万波平。

（2017 年 12 月 14 日）

注：①台：指观察台。②青嶂：如屏障的青山。

三访青岛

乙丑[1]崂山夏令营，
风华正茂一生情。
丙申[2]考察临正午，
丁酉[3]交流至豆[4]明。
来去匆匆皆拾获[5]，
冬春满满两收成。
晚凉海岸同[6]闲步，
晨起雪飘更远行。

（2017 年 12 月 15 日）

注：①乙丑：指 1985 年。1985 年夏第一次到青岛参加夏令营活动，时正青春年少，风华正茂。之后写下了《崂山吟别》。②丙申：指 2016 年（夏）。时专程到青岛拜访客商，受到热情安排。考察项目，听取介绍，一直忙碌到中午。③丁酉：指 2017 年。此次造访是学习考察青岛社会信用体系建设情况，交流甚欢。④豆：豆形铜灯，此处指灯。⑤拾获：拾取、获得。⑥同：一同。指出外考察的同事一同晚间散步。

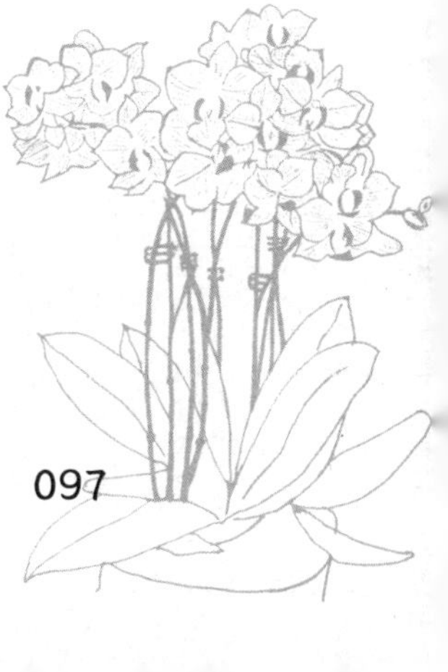

隆冬赴宁①

冬阳煦暖②江南见，
雪覆田畴③无际垠④。
难忘金陵点点事，
今朝不见当年人。

（2018 年 2 月 5 日）

注：①宁：南京简称。金陵为南京别称。②煦暖：温暖。③田畴：田地。④际垠（yín）：意思是大地的边际、界限。

正月初四闻风扰梦醒

阵阵窗鸣声入耳，
疑为谷雨春萌时。
细听辘辘①终无影，
依旧人家忙爨②炊。

（2018 年 2 月 18 日）

注：①辘辘：车轮滚动发出的声音。②爨（cuàn）炊：意思是烧火做饭。

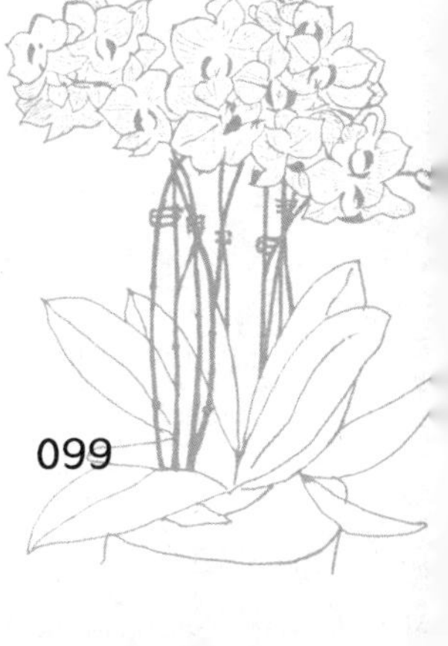

居乡下①见院中雨水急流

春雨滂沱②落小院，
水珠串串逐逐③追。
儿时亢奋双足踩，
今日茫然任雨吹。

（2018 年 3 月 25 日）

注：①乡下：此指赵庄村。时为照看年过九旬的岳母大人周末去乡下。当日下午忽下起暴雨，院中排水不及，便很快积水成池。虽用铁锹疏通，但仍无济于事。见此情景，不觉想起儿时情形。②滂沱：形容雨下得很大。③逐逐：匆忙貌。

楼下观树又花开

客岁[1]花香入旧梦，
今朝又见一枝开。
微风过处春光媚，
岁月催驱[2]白发来。

（2018年4月29日）

注：①客岁：指去年。②催驱：催逼驱遣。

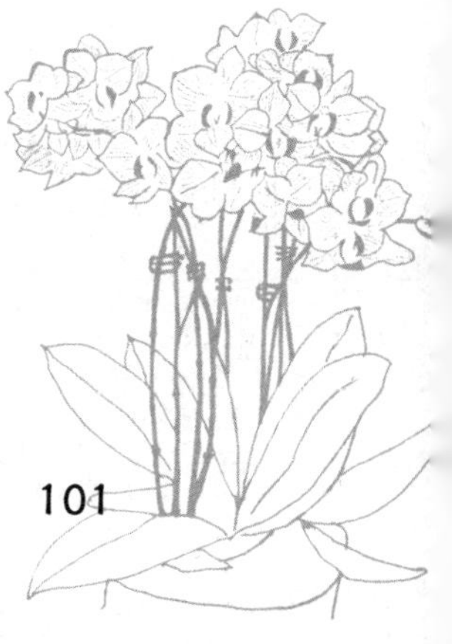

骆马湖畔远眺

湖面自悠悠，
平堤柳色稠①。
闲云浮日月，
倒影映春秋。
往事如烟散，
华年似水流。
浮沉皆过往，
旷达②解幽愁③。

（2018 年 7 月 9 日）

注：①稠：多而密。②旷达：开朗，豁达。多形容人的心胸、性格。③幽愁：忧愁。

赴深圳参加招商会归来坐飞机俯瞰拾景

（中华新韵）

临窗俯瞰云优悠①，
村落高楼尽眼收。
匆促抵深②又复返③，
频繁拜客共筹谋④。
蔚蓝天幕光博照⑤，
墨绿丛中水自流。
小径绵绵连万里，
渐行渐远意无休。

（2018 年 7 月 27 日）

注：①优悠：意为悠闲舒适。②深：即深圳的简称。③复返：回返。④筹谋：指招商项目洽谈事。⑤博照：即普照。

登楼观北江两岸夜景

一水①穿城泽②百越③，
车流不息波无声。
高楼林立缤纷色，
火树银花④魅力城。

（2018年8月28日）

注：①一水：此指穿越清远县城的北江。②泽：滋润。③百越：此指清远市。春秋战国时清远地区属百越。④火树银花：指灿烂夜景。

暮行北江岸边观晚景游船

细雨绵绵行埭岸①，
水流律动②漾③波纹。
夕阳闪耀南天靓④，
船桨轻摇碎暮云⑤。

（2018 年 8 月 29 日）

注：①埭（dài）岸：堤岸。②律动：指有规律有节奏地跳动。③漾：荡漾。④靓：美丽、好看。此指倒影在水中的天空景色分外美丽、好看。⑤暮云：傍晚的云。

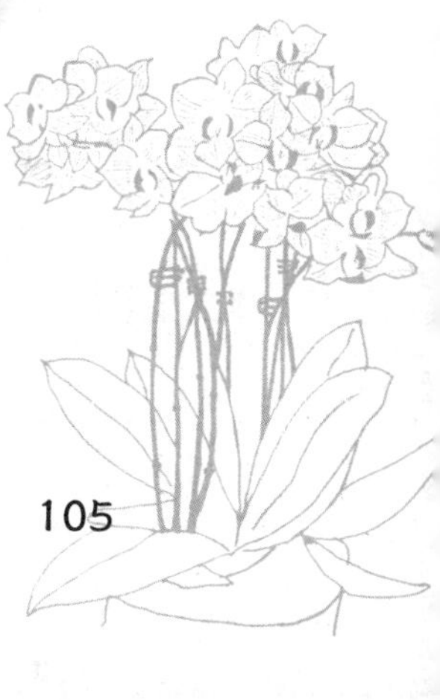

乘机归徐[1]途中见天景而作

（中华新韵）

万朵白云深几许，
谷跌峰起灵奇[2]生。
习习风动盈盈去，
缓缓霄[3]合[4]静静升。
才见鳞云片片起，
又呈仙境悠悠[5]城。
万千变化无穷景，
远眺近观似有声。

（2018 年 8 月 30 日）

注：①徐：指徐州。②灵奇：奇异秀丽的景色。③霄：云、云气。④合：聚合。⑤悠悠：闲适，自由自在。亦可理解为遥远。

赵村庄后谷田秋忙

（中华新韵）

稻谷秋熟满地黄，
影[①]移[②]机[③]响又秋忙。
枝疏叶落秋阳老，
依旧田畴[④]乡绪[⑤]长。

（2018 年 10 月 2 日）

注：①影：指收割者的人影。②移：移动。③机：此指收割机。④田畴：泛指田地。⑤乡绪：指来自乡村的思绪。

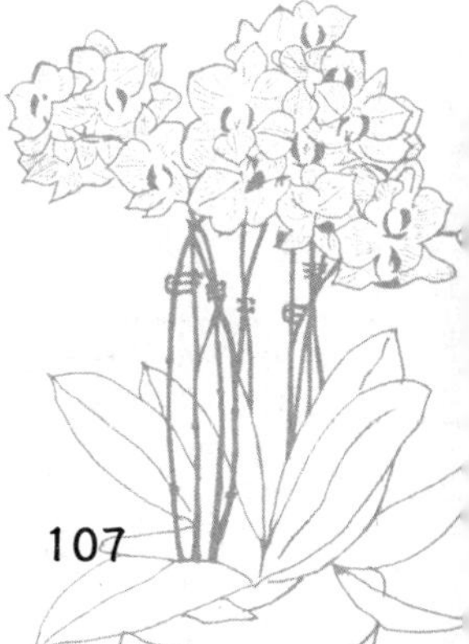

晚步赵村见村妇暮色中收谷

闲步村头已落日，
车鸣犬吠长空中。
村妇遑急[1]收秋谷，
粒粒苦辛谁动容[2]？

（2018 年 10 月 2 日）

注：①遑急：急迫、迫切。②动容：指脸上显露出受了感动的表情。

再访西安

彭城①朝雨梦中见，
十载未逢又访君②。
怀古伤怜秦汉阙③，
更迭④巨变镐⑤人欣⑥。

（2018 年 10 月 25 日）

注：①彭城：指徐州。②君：此指西安。③秦汉阙：即秦、汉时期的宫殿。西安至今已有三千多年的文化历史，有十三个朝代在此建都城。④更迭：更替。⑤镐：西安简称。西周初期的国都，即镐京。故址在今陕西省西安市西南。⑥欣：喜悦、快乐。

坐高铁去西安途中拾景

层峦叠嶂山绵亘①，
断面黄泥尽陌殇②。
临壁积沉几亿载？
对空静默③万千霜。
雏鹰未晓前朝事，
老树无知今日芳④。
穿越时空阅胜景，
行途漫漫思苍茫。

（2018 年 10 月 25 日）

注：①绵亘（gèn）：连绵不断。②陌殇：荒陌上的悲伤。③静默：宁静沉默，不发出声音。④芳：美好的。

长安归来

（中华新韵）

脚下土坷[1]皆历史，
吹拂俱是汉唐风。
万般寻觅难穿越，
长恨无缘不遇逢。

（2018年10月27日）

注：①土坷：湿泥干后结成的块状固体。

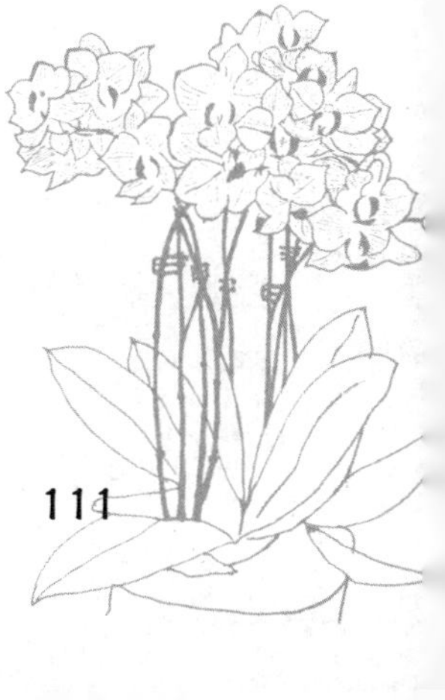

初雪草木吟

初雪①飘摇②落小园，
银装素裹③大奇观④。
凌冬⑤草木精神立，
冷面刀风不畏寒。

（2019 年 1 月 5 日）

注：①初雪：一般指入冬后的第一场雪。②飘摇：指在空中随风摆动的样子。③素裹：白色的装束。④奇观：奇异美好的景色。⑤凌冬：寒冬。

早春赴甬[1]招商雨中行吟

江南春冷雨浇魂，
别却[2]桥城[3]鄞县奔。
窗阅繁华楼万座，
招商拜客几霜痕？

（2019 年 2 月 27 日）

注：①甬：宁波的简称。②别却：即离开。③桥城：慈溪的别称。

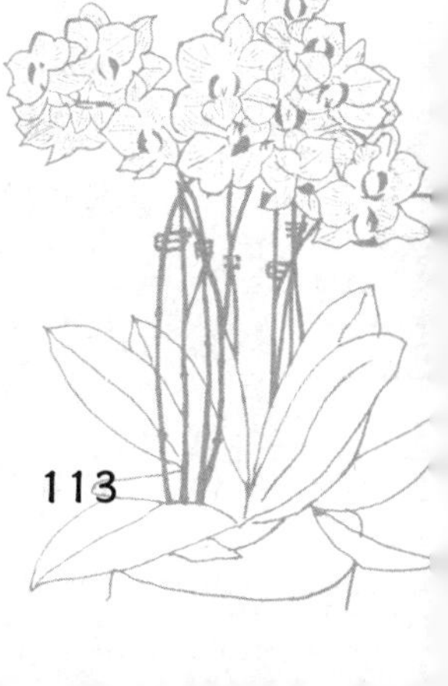

晚访鲁迅故居

（中华新韵）

新台门[1]里访周邸[2]，
轻舸[3]静眠三味[4]前。
又进咸亨寻旧忆，
复酌[5]古越[6]说铜钱[7]。
脚行石板无痕印，
巷续笛声有锦弦[8]。
百草园中人故去[9]，
斑驳岁月空留椽[10]。

（2019 年 2 月 28 日）

注：①新台门：周氏家族在绍兴有三个台门，即老台门、过桥台门、新台门。鲁迅童年时生活的新台门及其周边，由百草园、三味书屋、长庆寺、土谷祠、恒济当铺、咸亨酒店等构成。绍兴鲁迅故居属清代建筑，在周家新台门的西轴线上。②邸：住宅。③轻舸：小船，此指乌蓬船。④三味：指三味书屋。⑤酌：饮酒。⑥古越：黄酒名，即古越龙山，排绍兴十大品牌酒之首。⑦说铜钱：此指孔乙己欠十九文铜钱的故事。⑧锦弦：指装饰华美的筝、瑟一类的弦乐器，此指乐器的声音。⑨故去：死去。⑩椽（chuán）：架在檩子上承接屋面和瓦片的长条形木料，此借指房屋。

夜览西湖

山色空蒙影绰绰[①]，
水幽湖静无飞禽。
三潭印月尚无月，
柳浪闻莺未有音。
残雪断桥景俱在，
观鱼花港路难寻。
雷峰塔远明朝见，
归去夜深沉梦[②]吟。

（2019 年 2 月 28 日）

注：①影绰（chuò）绰：形容人与物都很模糊。②沉梦：指的不是睡得很沉，而是说在回忆往事。

古黄河畔春日独步吟

（一）

春光明媚步屐①遑②，
古柳垂丝芽绽黄。
垂钓芦苇残片叶，
水幽影暗鸟惊塘。

（二）

树深鸟叫万千姿，
春景撩人风劲吹。
观立石桥向北径，
静幽③情境生涟漪。

（三）

嫣红桃树正浓妆，
河岸草丛点点黄。
移步闲拍多逸致④，
春阳⑤二月情思长。

（四）

风亭[6]小坐赏春芳[7]，

潋滟水光二月[8]香。

鸟啭[9]柳垂堤岸绿，

沈园不见怅[10]斜阳。

（2019 年 3 月 10 日）

注：①步屐：指脚步。②遑（huáng）：闲暇。③静幽：幽雅清静。④逸致：即超逸的兴致。⑤春阳：阳春、春天。⑥风亭：亭名。⑦春芳：指春天的花草。⑧二月：此指二月兰。⑨啭：鸟婉转地叫。⑩怅：怅然，失意、失望。在闲步小坐之中，忽然想起前年春日去沈园情景。时过境迁，再无那凄婉千载的故事。

再见金港①饮酒话坤乾

朝辞古楚②云霞起，
暮至甬城③春雨绵。
致力共筹商洽会④，
一杯黄酒话坤乾⑤。

（2019 年 3 月 27 日）

注：①金港：指宁波市区的金港大酒店。一年前曾在此举办过招商会活动。②古楚：此指宿迁。③甬城：宁波的简称。④商洽会：即招商会。⑤坤乾：即乾坤，局势义。此处为闲议国内外招商引资局势等。

登金港①楼晨观

晨起临窗望去，甬城别是一番情景，南国气息浓郁。

临窗皆峻宇②，
晨霭漫③甬④城。
南北车流密，
东西江⑤水横。
柳青两岸立，
桃艳小园⑥生。
远眺思无绪，
俯听市井声。

（2019 年 3 月 28 日）

注：①金港：指金港大酒店。②峻宇：指高大的屋宇。③漫：充满；遍布。④甬：宁波简称。⑤江：此指余姚江，金港大酒店在此江边。⑥园：此指金港大酒店楼下的滨江花园。

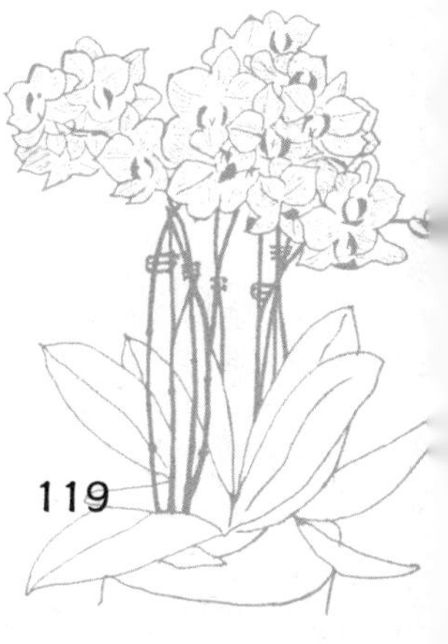

春眠乡村听声晨起

（中华新韵）

声声布谷①掠春野，
草雀吱喳树上飞。
沥沥②疑为春雨起，
习习知是槐风吹。

（2019 年 5 月 1 日）

注：①布谷：此指布谷鸟。②沥沥：形容风声或是水声。

村野写意

（中华新韵）

拔节生长绿无涯，
菜籽饱实枝乱斜。
新灌水田秧[1]稻谷，
散飞鸟雀落枝桠。
豆植新土筑新梦，
粟[2]出垄沟绽稚芽。
田野耕忙处处景，
乐声笑语几人家？

（2019 年 5 月 2 日）

注：①秧：栽种。②粟：此指大芦粟，即玉米。

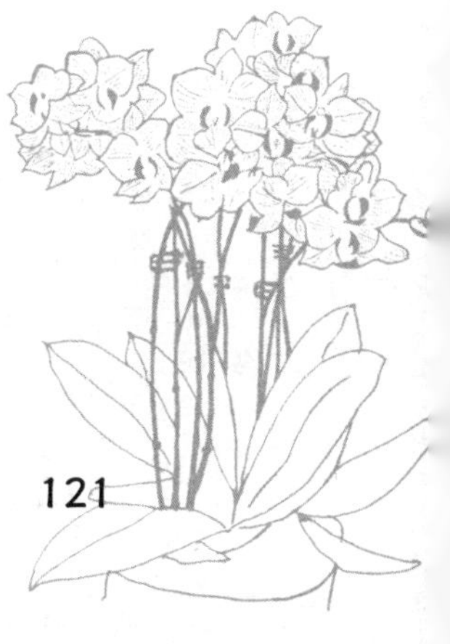

与蒋兄晚步独墅湖[1]

时驱车千余里赶到苏州独墅湖世尊酒店参加“苏港携手·融合发展”专题论坛会。晚餐后与同行蒋兄在独墅湖畔散步，见情景有感。

湖风轻软意[2]清隽[3]，
波色粼粼暗影来。
忽见渔人掇[4]细网，
桃源风物[5]眼前开。

（2019 年 5 月 20 日）

注：①独墅湖：位于苏州工业园区，金鸡湖南，面积大约 11.52 平方千米，因宋朝时期的一次大地震而形成，景色秀丽。②意：意境。③清隽：清新秀美。④掇：掇弄，收拾整理。⑤风物：风光景物。

白鹭园中行吟

（中华新韵）

早餐后，独自在世尊酒店后面白鹭园中漫步，见景有感而作。

白鹭园[1]深风朗清[2]，
丛林移步独清宁[3]。
迂回[4]河道拾阶下，
漂荡[5]草萍[6]穿沚[7]行。
石路[8]分隔一脉水，
廊亭展见四方荣[9]。
蓬莱仙境亦如此，
湖静云幽磬[10]自鸣。

（2019 年 5 月 21 日）

注：①白鹭园：白鹭园位于高教区独墅湖畔，因白鹭常在此栖息，故此得名。②朗清：明朗清新。③清宁：清静、安静。④迂回：回旋、环绕。⑤漂荡：在水上浮动。⑥草萍：在水面浮生的草。⑦沚（zhǐ）：水中的小块陆地。⑧石路：指石头铺成的路。⑨荣：此指草木繁盛的景色。⑩磬（qìng）：古代礼乐器。此为附近教堂传出的钟声。

清晨见独墅湖

湖水浩茫[1]波影动，
长云[2]碎落又常形[3]。
楼环西畔繁华景，
晨鸟脆鸣闭目听。

（2019 年 5 月 21 日）

注：①浩茫：广阔无际的样子。②长云：连绵不断的云。③常形：固定的形态或形状。

晨阅温州

临窗伫望[①]瓯江[②]月，
栉次高楼山隐身。
天岭苍苍[③]皆雾萃[④]，
清新南国正芳春[⑤]。

（2019 年 5 月 25 日）

注：①伫望：站着向远处瞭望。此时，远处的瓯江上还悬挂着一轮清淡的月亮。②瓯江：属山溪型河流，为浙江省第二大河、温州市第一大河。③苍苍：（草木）茂盛、众多。④雾萃：云雾聚合貌。此句指天已与山莽莽苍苍皆为雾色。⑤芳春：比喻妙龄、青春。

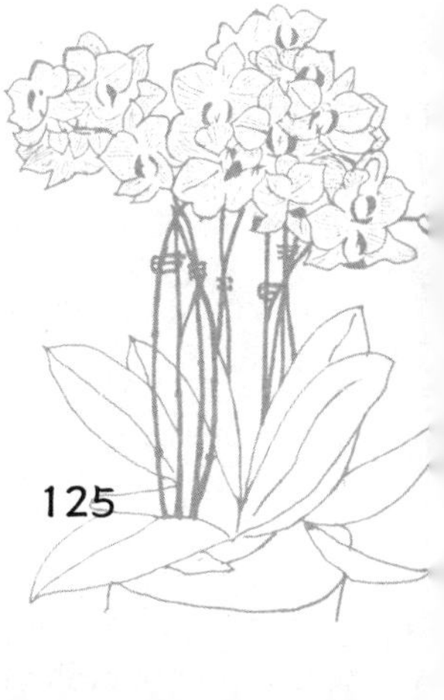

雁荡山观凌岩飞渡

天柱[1]展旗[2]屹屼[3]立，
默然对距[4]亿千年。
悬绳荡影飞如燕，
旋体曲肢落细弦[5]。
倒仰翻身横向转，
奔冲[6]展翅立空悬。
深渊万丈点飞步，
挥手空中入紫烟[7]。

（2019 年 5 月 26 日）

注：①天柱：指山头如同天柱。②旗：指两座山的山顶插着的小旗子（表演用）。③屹屼（wù）：峭拔、险峻。④对距：对边的距离。此句的意思是指(两座山头)相距200米已相视亿年，形成时间极长。⑤细弦：此指悬空的绳子。⑥奔冲：奔驰、猛冲。⑦紫烟：指山谷中的烟雾。

游雁荡山

林幽溪浅雨缠绵，
峰峭雄奇荡紫烟。
合掌[1]深藏菩萨[2]洞，
双峰[3]夜话销魂篇。
大龙湫仰水帘瀑，
龙谷溪流细雨涎[4]。
栈道[5]凌空高万尺，
游人如缕惊心弦。

（2019 年 5 月 29 日）

注：①合掌：此指合掌峰，由灵峰与依天峰合成。峰高 270 米，在群峰环拱中直插云天。②菩萨：此指观音菩萨。③双峰：指双乳峰（夫妻峰）。对联赞曰：“养精养气养天地，哺云哺雾哺日月。”④细雨涎：指细雨落溪成水涎并随溪而流动。⑤栈道：此指雁荡山的玻璃栈道。

登景山

清晨，登温州景山。山上草木茂盛，郁郁葱葱，游者络绎不绝。

晨起拾级向翠岭[1]，
山间清淼[2]水淙淙[3]。
林深树耸凉飔[4]起，
径曲阶平朝雾浓。
古刹[5]深藏圣寿塔[6]，
沁园[7]展演太极风。
游人不尽登山去，
健体怡情幸福中。

（2019 年 6 月 27 日）

注：①翠岭：绿色的山岭。②清淼：指小溪。③淙淙：流水声。④凉飔（sī）：指凉风。⑤古刹：此为千年古刹——护国寺。兴建于唐代贞观元年（627 年），强盛于五代后梁乾化年间。⑥圣寿塔：建在景山之麓，塔的两面有“护国祝延”“圣寿宝塔”的镌刻。⑦沁园：此指沁园春，为景山景区的休闲区，自然风景秀丽，花草树木葱郁，廊榭交相辉映。早晨有八九人在此打太极拳。

谒妙果寺①

时九时许，无事便独自去妙果寺。非信佛，只为心静。

古刹千年妙果寺，
黄墙黛瓦映晨熙②。
有闲信步松台去，
袅袅佛音潭影知。

（2019 年 6 月 28 日）

注：①妙果寺：位于温州松台山南麓，创建于唐神龙元年（705 年），北宋时达到极盛，为东南沿海著名寺院。“妙果”为佛教用语，即为正果、佛果。②晨熙：指早晨的光明。

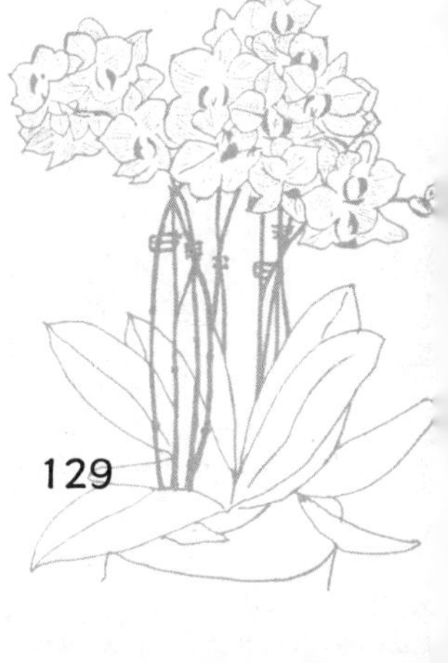

八月乡村

八月乡村稻穗黄，
杀虫喷药农人忙。
清清渠水静无语，
嘒嘒①蝉声鸣四方。
豆腋绽开香祖②色，
草丛垂挂狗尾③长。
沙沙树响惊霞影④，
风爽吹衣思沆茫⑤。

（2019 年 8 月 3 日）

注：①嘒嘒（huì）：形容清亮的声音，蝉鸣声。②香祖：兰花的别称。③狗尾：指狗尾草，学名叫作狼尾草，属禾木科。④霞影：云霞之影。⑤沆（háng）茫：指如湖水一般无边无际。

中夜[1]清月

清月[2]高悬风夜吹，
透窗仰望又怀思[3]。
当年谷场纳凉景，
如水时光田月[4]知。

（2019 年 8 月 13 日）

注：①中夜：表示半夜的意思。②清月：清晰的月亮。③怀思：怀念、思念。④田月：农忙季节。亦指田野上的月亮。

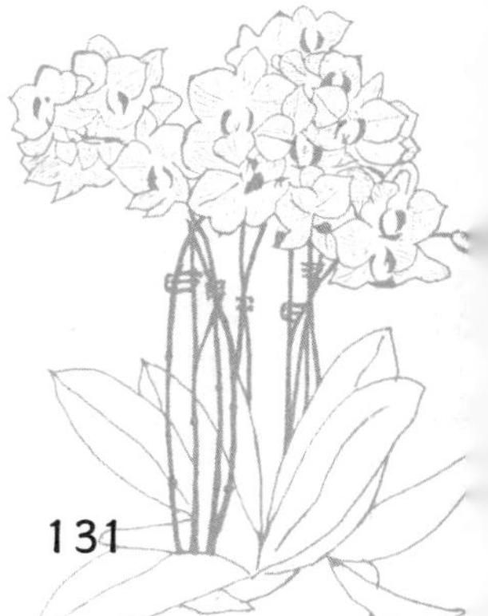

咏柳

周末在体育馆前散步，见一株老柳默然伫于门前，思绪联翩。

一株垂柳独凝望，
轻拂春风沐向晨①。
姹紫嫣红映翠绿，
柳丝萦系②楚风尘。

（2020 年 4 月 12 日）

注：①向晨：指黎明、凌晨。②萦系：缠绕。

训练基地闲步即景

空中飞絮相逐追[1]，
小径入林急附随。
车响鸟鸣渠水静，
竹园阒默[2]任风吹。

（2020 年 5 月 9 日）

注：①逐追：追逐，追赶。②阒（qù）默：寂静无声。

晨游[1]西湖

波光渺渺[2]西湖水，
拂柳风吹晨练人。
曼舞轻歌盛世景，
依然山水远胡尘[3]。

（2020 年 8 月 10 日）

注：①游：观赏。②渺渺：悠远。③胡尘：即胡地的尘沙，指胡人骑兵的铁蹄践踏扬起的尘土。新时代的杭州，已远不是金人攻陷北宋首都汴梁、赵构在临安苟且偏安年代的情景。

仲秋来思堡楼[1]上观运河水

（中华新韵）

秋雨河中落，
潇潇成汇流[2]。
苍茫天水色，
寂寞古今愁。
车响绿枝下，
船鸣妈祖洲[3]。
又思年少事[4]，
莫叹空白头。

（2020 年 10 月 3 日）

注：①来思堡楼：位于泗阳县城大运河畔的北侧。楼共三层，欧式建筑，外墙为白色。②汇流：降雨形成的水流。③妈祖洲：位于大运河的中流，三面环水，即大运河船闸南侧的情人岛。此处已建泗阳妈祖文化公园，塑有一尊高达 32.3 米的三面妈祖像，与来思堡楼隔河相望。④年少事：指笔者少年时在这运河中时乘客船往来情形。

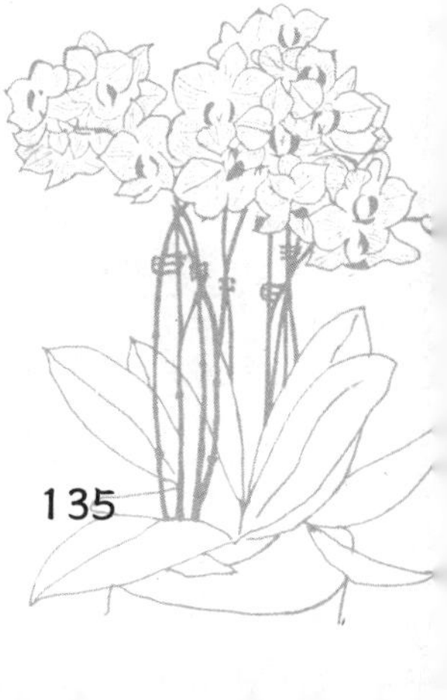

乘鹭①机回苏揽景

身在云端上，
览揆②众秀峰。
人生无限事③，
徒羡④云中风。

（2020 年 10 月 31 日）

注：①鹭：厦门的简称。苏：即江苏。②览揆（kuí）：观看审度。③事：此指招商引资等事。④羡：羡慕。

镇江晨雨中行吟

青山一抹[1]群楼倚，
过往时光入雾云。
北固亭[2]前草树绿，
一怀春绪雨缤纷[3]。

（2021 年 3 月 11 日）

注：①一抹：此指一片。②北固亭：又称北固楼，坐落于镇江北固山。六朝时，梁武帝萧衍登临此山，即曾挥笔题下“天下江山第一楼”。③缤纷：繁多而杂乱。

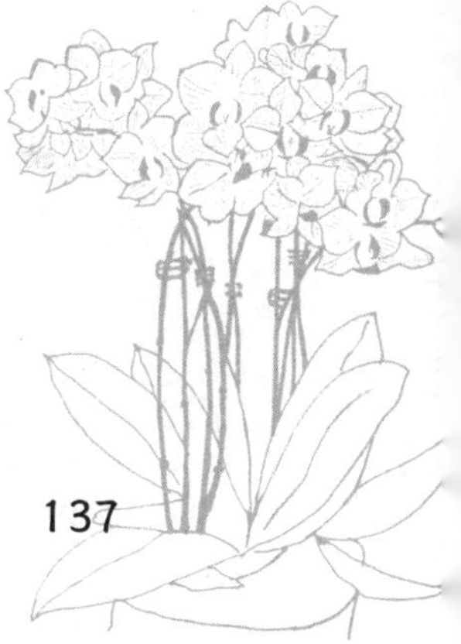

观天一阁

（中华新韵）

江南书院天一阁[①]，
华夏远播久盛名。
历尽百年风雨雪，
亭台依旧月湖[②]清。

（2021 年 3 月 22 日）

注：①天一阁：位于宁波市海曙区，建于明嘉靖年间，由当时退隐的明朝兵部右侍郎范钦主持建造。现珍存古籍 30 万卷，是我国现存历史最悠久的私人藏书馆。②月湖：又称西湖，在天一阁的南侧。

卜算子・傍晚田间散步

青春须臾间，
心皆流逝。
岁月如水月依旧，
时景①频更替。

侧耳听蛙鸣，
渠上双睛闭。
谷场荷风似从前，
喟叹②成谵呓③。

（2021 年 7 月 8 日）

注：①时景：季节、时令。②喟叹：因感慨而叹气。③谵（zhān）呓：指谵言呓语。

登大雁塔

（中华新韵）

大雁塔高凌[1]九天[2]，
四方仰拜越千年。
层层阶道扶云上，
心底有佛善无边。

（2021 年 10 月 14 日）

注：①凌：升，高出。②九天：天的最高处，形容极高。

壬寅春雪

千枝点点雪，
万树着银装。
冬去无踪迹，
春来入梦乡。①
雪花轻曼舞，
风气微清凉。
好雪兆祥瑞②，
明朝满野香。

（2022 年 2 月 7 日）

注：①“冬去无踪迹，春来入梦乡”句：是指去年一个冬季都未下雪，而到立春之后却在一个沉静的夜晚沸沸扬扬地下了一场大雪。②祥瑞：指吉祥征兆。

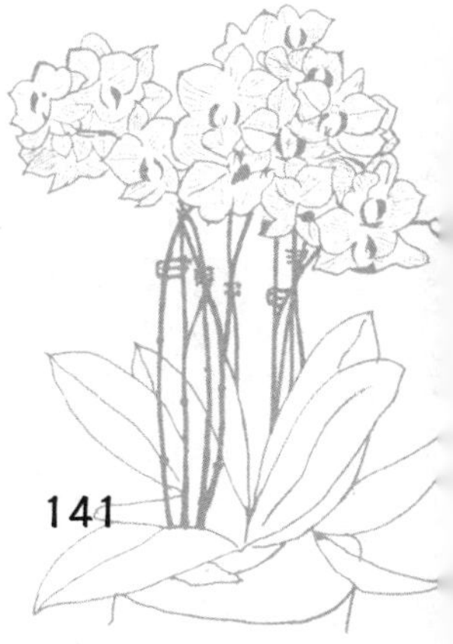

咏春

昨日芽苞初点缀，
今朝花放[①]满枝头。
枝青叶绿东风烈[②]，
擘画[③]壬寅[④]正劲遒[⑤]。

（2022 年 3 月 1 日）

注：①放：开放。②烈：猛烈。③擘画：筹划、安排。④壬寅：指 2022 年。⑤劲遒：指强烈而富有力量。

咏梨花

春风拂面草初茁，
梨雪飘飞落地香。
如梦花期意未尽，
云消①香散春思②长。

（2022年3月15日）

注：①云消：此指如白云一般的白色花瓣渐渐消去。②春思：春日的思绪、春日的情怀。

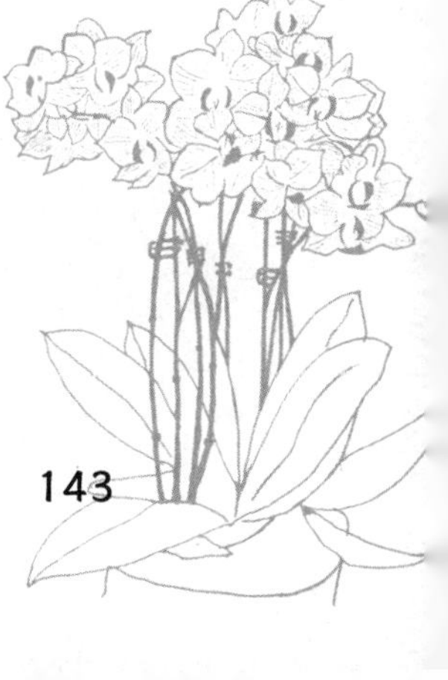

魅力“水韵唐圩[1]”

黛瓦白墙农舍院，
整洁村路唐圩行。
房前绿植[2]田园美，
屋后池塘香气萦[3]。
老井古槐乡味在，
海棠丹若[4]韵梅[5]盈。
无穷情趣无穷景，
恬淡生活入画屏。

（2022 年 8 月 4 日）

注：①唐圩：位于宿城区王官集镇，该村曾是省定经济薄弱村。如今在实施乡村振兴战略过程中发生了翻来覆地的变化，当地居民住进了“农房改造”后的新楼小屋，过上了崭新的生活，整个村庄美了“颜值”，提了“气质”，如画中景色，怡人心情。②绿植：绿色观赏植物的简称。③萦：缭绕。④丹若：石榴的别称。⑤韵梅：宋时对植物果实的美称。

京杭大运河即景

（中华新韵）

千里纵横今古流，
船帆点点水悠悠。
迎风堤柳吐新绿，
冲浪岸石淘①夏秋②。
年少汽笛响耳畔，
六旬乡泪落轻舟。
苍苍岁月③万千事，
盛世清明颂九州④。

（2022 年 8 月 27 日）

注：①淘：冲洗的意思。②夏秋：即光阴、岁月。③苍苍岁月：是指已经经历了很多岁月。④九州：即中国古称。

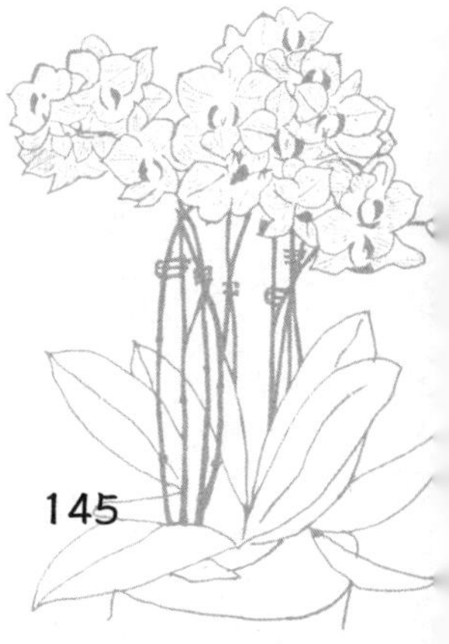

文竹

纤弱青枝展墨翠，
拖云①斜曳饶风姿。
玉魂松骨皆清品②，
花木丛中第一枝。

（2022 年 8 月 28 日）

注：①拖云、斜曳：是指文竹长的姿态和神韵。②清品：指品质高且无瑕疵的物品。

游洪泽湖湿地

（古风）

驱车步观大湿地①，
秋风清凉九月天。
芦苇丛丛水摇曳，
荷叶田田风翩跹。
竹筏水松寻幽处，
游船河汊泊岛边。
青纱回廊几度转，
芳菲曲径寻常还。
翠柳桥上望墨柳，
樱花道旁观霞烟。
雁鹅徜徉鹅湖水，
鸦雀②展立苇草尖。
风吹荻花斜阳照，
湿地呼吸神韵篇。

（2022 年 9 月 20 日）

注：①大湿地：指洪泽湖湿地。湿地共 75 万亩，湿地景区占地面积 5.2 平方千米，30 条河汊、16 处景点各显风采。②鸦雀：此指震旦鸦雀。

居句容余坤墨尔顿酒店高楼远眺而作

夕阳半隐云幽淡[1]，
近处高楼无竹声[2]。
暮色苍茫思绪远，
江南秋韵茅山[3]情。

（2022年9月26日）

注：①幽淡：素静淡雅。②竹声：指风吹竹叶发出的声音。③茅山：位于江苏省常州市金坛和镇江市句容之间，是中国一座道教名山。

闲步吟南刘集小街

夜幕降临俱别散[1]，
车鸣人嚷各东西。
店前已少入门客，
馆[2]内频多三布衣[3]。
远处灯明开夜市，
九天星闪映洿池[4]。
小街深处乡愁在，
犹记人生起步时。

（2022 年 10 月 20 日）

注：①别散：分散。此指中小学生及接中小学生回家的家长们各自散去回家。②馆：小餐馆。③布衣：平常百姓。④洿（wū）池：即池塘。

冬日健行水景公园[1]吟

悦目赏心冬日事，
公园清丽[2]健身行。
亭桥相映水连浪[3]，
树鸟互闻风作声。
红绿黄蓝皆景色，
高低远近俱佳形。
开晨[4]身影英姿展，
美好时光盛世情。

（2022 年 11 月 18 日）

注：①水景公园：位于宿迁市区古黄河边，是国家 3A 级景区。水景公园充分展示了水文化、黄河文化，具有滨水旅游、体育休闲等功能。②清丽：清秀美丽。③连浪：连绵起伏的波浪。④开晨：犹天亮。

仲冬咏古黄河水中残荷

天寒气冷叶凋零，
孑立①残荷三两茎。
风送水波顾盼影，
莲花云日听凫②鸣。

（2022 年 11 月 30 日）

注：①孑立：独立无依，孤立。②凫（fú）：野鸭。形状似家鸭而小，常成群栖息于湖泽，善游泳，能飞。

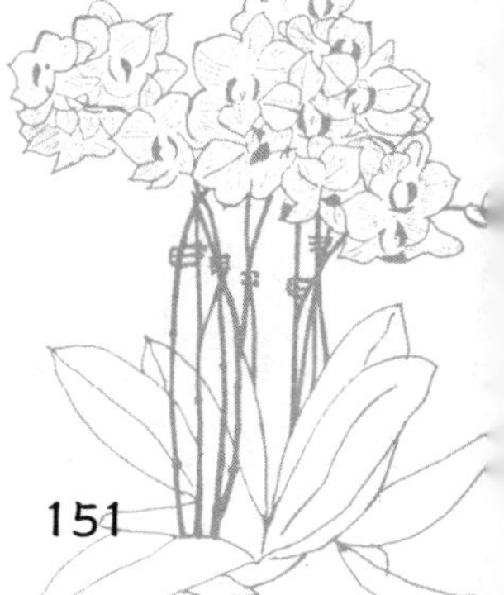

访鸟悦园①

雾笼丛林叶满地，
鸟鸣远近朝阳枝。
水杉高耸少旁逸②，
蕉叶低垂饶瑰姿③。
鹅卵石铺小溪底，
竹篁桥跨浅水池。
府楼西侧清华④景，
城署⑤静和⑥别样怡⑦。

（2022 年 12 月 1 日）

注：①鸟悦园：位于宿迁市政府大楼西侧，生态环境优美，百鸟相聚，时鸣城中，大有闹中有静之感。②旁逸：此指树枝从树干旁边伸出。③瑰姿：美好的姿容。④清华：指景物清秀美丽。⑤城署：城邑。⑥静和：安静平和。⑦怡：和悦的样子，喜悦，使愉快。

广陵桂府小区晨练所见

群楼错落盛冬景，
桂府①园中草木荣。
环路②灯笼串串挂，
鸟鸣旭日③拂清风。

（2023 年 1 月 21 日）

注：①桂府：指扬州市区桂府小区。区内环境优美，干净而有春节喜庆气氛。②环路：通常指一个闭合的路道（路径）。③旭日：早晨的太阳。

游寄啸山庄

（中华新韵）

春节尽兴何园去，
游客如织石屋①前。
驻脚静观花月景②，
环廊③细阅昌隆④篇。
东西院落俱清韵⑤，
中外风格⑥皆范先⑦。
五大奇观⑧何处见？
楼亭⑨廊柱共流连。

（2023 年 1 月 23 日）

注：①石屋：此指片石山房。是明末清初画坛巨匠石涛叠石的人间孤本。片山石房的腹内藏有一座石屋。②花月景：指水中月、镜中花两处景。③廊：指园中复道回廊，全长 1500 多米，被誉为中国立交桥的雏形。④昌隆：兴旺发达。昌隆篇：指何氏家族自清朝嘉庆年开始，家族繁盛，四代多有才俊。⑤清韵：指清朝及清以前的建筑设计风格。⑥中外风格：汲取西方技术要素运用于中国古典园林园居建筑中是何园另一特色与风格。⑦范先：规模格局的开创。⑧五大奇观：何园被称为“晚清第一园”，堪称“江南园林孤例”。其园中有“天下第一亭”（水心亭）、“天下第一廊”（环廊）、“天下第一山”（片石山房）、“天下第一窗”和“镜花水月”等奇观。⑨楼亭：楼指骑马楼等，亭指水心亭。《红楼梦》《还珠格格》等影视剧都曾经在此处取景。

正月初三参观大运河博物馆

（古风）

车驶人往四方客，
相聚维扬看馆来。
运河千古名垂史，
纵贯南北连江淮。
开凿邗沟吴越起，
隋通运河分六阶[①]。
唐宋繁华东南仰，
大元通波向北排。
明都两京贡河畅，
康乾兴盛巡五台。
疏川导滞盐商起，
引水济运福民怀，
航深控制时涨落，
筑坝建闸消天灾。
水陆萦回虹桥卧，
四通八达盈万财。
融通九州社稷业，
河济天下国运开。

（2023 年 1 月 24 日）

注：①六阶：指大运河分为北运河、南运河、会通河、中运河、淮扬运河、江南运河六个阶梯。

记扬州东关街

细雨不拦观览[1]客，
东关市井人摩肩。
眼前皆是老街景，
路侧俱飘百味鲜。
疾速的哥驶巷道，
古铜车辇[2]立门前。
百年老店[3]闻天下，
楼堡[4]长联颂稔年[5]。

（2023 年 1 月 25 日）

注：①观览：观看、观游。②车辇：泛指各种车辆，此专指黄包车。③百年老店：指街上的“老字号”商家，有开业于 1817 年的四美酱园、1830 年的谢馥春香粉店、1862 年的潘广和五金店、1901 年的夏广盛豆腐店、1909 年的陈同兴鞋子店、1912 年的乾大昌纸店、1923 年的震泰昌香粉店、1936 年的张洪兴当铺、1938 年的庆丰茶食店、1940 年的四流春茶社、1941 年的协丰南货店、1945 年的凌大兴茶食店、1946 年的富记当铺，此外还有周广兴帽子店、恒茂油麻店、顺泰南货店、恒泰祥颜色店、朱德记面粉店等。④楼堡：指东关街门楼。⑤稔（rěn）年：指丰收的年景。春节期间在楼门两边挂了一副长长的对联，颂赞太平盛世、百业兴旺。

正月初五游瘦西湖

天朗气清风习习[①]，
环湖信步尽娱欢。
云天红舫泛波浪，
细柳竹林共玉兰[②]。
法海寺前香粉厚，
五亭桥[③]上人头攒[④]。
一湖风景美如画，
风韵千年落墨端。

（2023 年 1 月 26 日）

注：①习习：形容微风吹拂。②玉兰：此指玉兰树。③五亭桥：北起瘦西湖风景区，上跨瘦西湖水道，南至瘦西湖白塔、月观，桥梁全长 57.99 米，宽 6.16 至 18.77 米，桥身中孔拱圈跨度 7.13 米，有“中国最美的桥”之称。始建于清乾隆二十二年（1757 年），仿北京北海的五龙亭和颐和园十七孔桥而建；1990 年，重修五亭桥。④攒（cuán）：聚集。

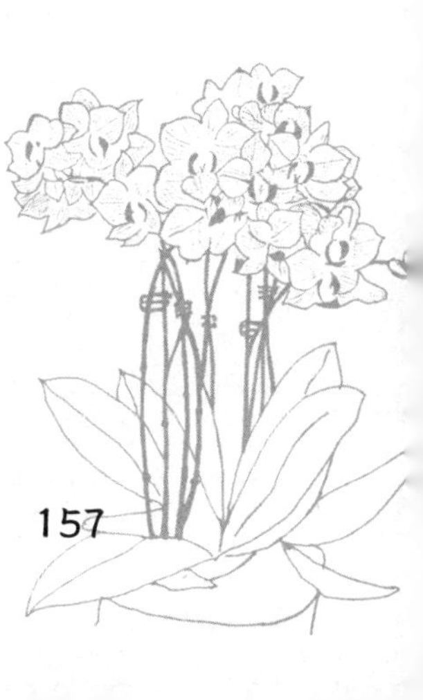

风筝

长天[1]一线[2]任高飞，
绮梦[3]引牵[4]印浅绯[5]。
田野风吹鸣响哨[6]，
村童狂兴[7]忘还归[8]。
城中何处纸鸢放，
水景公园[9]妙手[10]挥。
斗转星移五十载，
放飞三代情依依[11]。

（2023 年 3 月 9 日）

注：①长天：辽阔的天空。②一线：指放风筝的牵引线。③绮梦：绮丽的梦，即美梦、多彩的梦。④引牵：牵引。⑤浅绯：浅红色。此指早晨浅红色的天际。⑥响哨：指在风筝上安装上柴管做的哨口（也叫“嘟子”），当风急时，就会发出清脆尖亮的响声。⑦狂兴：豪兴，浓厚的兴趣。⑧还归：返回，回家。⑨水景公园：指位于城中心黄河故道上的一处公园。⑩妙手：指技能高超的人。⑪依依：留恋不舍的意思。

林海夕照

独依老柳夕阳远，
侧耳倾听林海声。
怜爱鸟禽飞翥①晚，
落霞瑰丽闲云轻。

（2023 年 3 月 19 日）

注：①飞翥（zhù）：飞举，飞腾。

水车①

扶杆踏齿②农耕事，
清脆车鸣水跃腾。
风掠垄畦③万顷碧，
天车④灌响丰收声。

（2023 年 3 月 20 日）

注：①水车：灌溉工具。②齿：此指水车上的木制齿轮。③垄畦：垄是耕地上培成的一行一行的土埂。畦是有土埂围着的一块块排列整齐的田地。④天车：即水车。

鸟鸣春

（中华新韵）

拂晓清幽鸟践①枝，
翻飞上下相逐追②。
和风轻拂声清丽③，
旭日④初升影陆离⑤。
绿树摇飏⑥炫⑦洒落⑧，
香花满地享芳怡⑨。
兴鸿⑩遍奏欢腾曲，
时代变迁幸福时。

（2023 年 3 月 31 日）

注：①践：踏、踩的意思。②逐追：追逐、追赶。③清丽：犹清亮。④旭日：早晨的太阳。⑤陆离：形容色彩绚丽繁杂。⑥摇飏：摇荡意。⑦炫：炫耀。⑧洒落：洒脱、潇洒。⑨芳怡：芬芳，芳香。⑩兴鸿：指宿城区兴鸿一品小区。

观乡村初春画作[①]

河面无声流水长，
蓝天云霭共春光。
泥坡无状高低起，
杨柳有荫远近凉。
小屋临渠闲独[②]卧，
陌阡[③]连寨[④]逶迤[⑤]行。
卧吟花草风吹面，
岁月流年[⑥]入梦乡。

（2023 年 4 月 2 日）

注：①观乡村初春画作：即观赏《乡村初春》画作有感而作。②闲独：清闲独处。③陌阡：即阡陌，指田间的小路。④寨：此处指村寨。⑤逶迤：指道路蜿蜒曲折。⑥岁月流年：指流水般的光阴、年华。

晚登星辰国际楼望湖景

岸①苇②无际接云天，
霞影③漾潆④水碧涟⑤。
点点船帆碎细浪，
归雏⑥掠柳入湖烟⑦。

（2023 年 5 月 8 日）

注：①岸：指骆马湖北岸。②苇：芦苇。③霞影：晚霞的影子。④漾潆（yíng）：荡开回旋意。⑤碧涟：清澈且泛着波浪。⑥归雏：此指归去的小鸟。⑦湖烟：笼罩在湖面的的雾气。

晨观骆马湖写意

焕焕①晨云万像态②，
波平湖静鸟飞鸣。
一弯黛绿③接天际，
半起风帆缕缕情。

（2023 年 5 月 9 日）

注：①焕焕：光亮貌。②像态：模样。③黛绿：墨绿。指环湖岸边的树绿。

赴宁武

小外甥女远嫁千里，依风俗专程前去。阅览一路晋色，感受别样风情，于喜悦中依依迟迟。

（一）

苍苍夜色北方行，
驰越九城[1]天已明。
览尽晋西山水色，
并州[2]雁塞风和清[3]。

（二）

芦芽山[4]远向天横，
千里访亲凤凰城[5]。
华北明珠锁要塞[6]，
汾桑[7]水润纤红[8]荣[9]。

（三）

北行千里送亲事，
晋北长城宁武关。
今日于归[10]满贺客[11]，
依依祝庆[12]留余潸[13]。

（四）

送亲三日踏归程，
绵亘[14]晋山伴客行。
烟霭空濛含郁翠[15]，
萦纡[16]呖呖凤凰声。

（2023 年 5 月 27 日）

注：①九城：此指从徐州高铁站经九座城市站点到达太原。②并州：即太原，泛指太原一带，包括忻州的宁武。③和清：温和清朗。④芦芽山：位于宁武境内，因形似“芦芽”而得名，海拔 2739 米。⑤凤凰城：此指宁武。宁武关的城池犹如凤身，城北华盖山护城墩酷似凤首，东西延伸的两堡俨然一对凤翅。⑥要塞：险要的关隘。此指宁武为古之军事要地，宁武关具有“北屏大同、南扼太原、西应偏关、东援雁门”的战略作用。⑦汾桑：此指汾河和桑干河，均流经宁武境内。⑧纤红：细小的粉红色（花）。⑨荣：草木茂盛。⑩于归：指女子出嫁。⑪贺客：祝贺的宾客。⑫祝庆：庆祝、庆贺。⑬潸：流泪。⑭绵亘：指山脉等接连不断的样子。⑮郁翠：苍翠，浓绿。⑯萦纡：盘旋曲折。⑰呖呖：形容鸟类清脆的叫声。

在骆马湖边骑行观景

（中华新韵）

暮色风轻湖水静，
葱茏①岛树云霞低。
银滩②细软③游人醉，
湖港清幽④垂者迷。
笃笃⑤蛙鸣蒲叶下，
咕咕鹃⑥叫树丛西。
眼前皆是心宜⑦景，
且憩湖石倚柳堤⑧。

（2023 年 5 月 30 日）

注：①葱茏：草木青翠茂盛。②银滩：即“碧湖银滩”景点。③细软：指在碧湖银滩的沙滩上行走的感受。④清幽：清静幽深。⑤笃笃：青蛙的叫声。⑥鹃：此指布谷鸟，即大杜鹃。⑦心宜：心中向往。⑧柳堤：即湖堤。

游九鼎公园[①]

九鼎公园树郁茏[②]，
一湖清水影憧憧。
无声秋蒲随风摆，
有韵柳枝流水从[③]。
宛转鸟鸣不见影，
翻花鱼动难寻容。
人生休逸[④]好来处，
风景怡人心自松。

（2023 年 10 月 2 日）

注：①九鼎公园：宿迁城区以诚信为主题，集游乐、健身为一体的大型综合性公园，占地 220 亩。②郁茏：草木繁茂貌。③从：跟随、随从。④休逸：安闲超逸。

游皂河龙运城

龙运城开天气清，
游人络绎踏香行。
陈家大院①风云去，
水利千秋河道宁。
逐水惊涛入幻境，
同舟共济扬波声。
皂河寻梦②儿童乐，
水韵绵长意纵横。

（2023 年 10 月 2 日）

注：①陈家大院：建于清嘉庆年间，三进六院，配有炮楼。②“水利千秋”“逐水惊涛”“同舟共济”“皂河寻梦”皆为景点名。

咏蒲

离离[1]团簇立塘中，
碧带[2]摇风万晬容[3]。
倒影千姿更秀逸[4]，
渌池[5]静处映长空。

（2023 年 10 月 3 日）

注：①离离：盛多貌。②碧带：指蒲碧绿而狭长的叶子。③晬容：意思是容貌温和润泽。④秀逸：秀美洒脱，不同凡俗。⑤渌池：清澈的池塘。

游陆巷古村[1]

（中华新韵）

江南秋韵醉游客，
陆巷古村淡淡晨。
入眼船泊寒谷渡[2]，
踏石声响惠和春[3]。
遂高堂[4]里思前事，
花翎巷[5]中落古尘。
墟落[6]遗风传百世，
斑驳墙体又从新[7]。

（2023 年 10 月 22 日）

注：①陆巷古村：是苏州吴中东山镇的一个小村子，以风景秀丽而出名，是一座明清厅堂建筑保存较为完好的古村落。②寒谷渡：是古渡口。明代中叶，晋商、徽商和洞庭商帮相聚于此，陆巷古村极繁荣热闹。③惠和春：即惠和堂，是明代户部尚书王鏊的故宅，是我国明清时期大型群体厅堂建筑的典型。古宅进深五进，纵向三路并进，左右有备弄相隔。④遂高堂：是明朝正德年间宰相王鏊胞弟王铨的故居。⑤花翎巷：花翎巷里的状元墙门，这里有清代状元王世琛的故居。⑥墟落：村落。⑦从新：向新的方面发展。

重游雕花楼

（中华新韵）

应其林同学之邀，专程去苏州东山岛一游。赏雕花楼，游石公山，尝“太湖三白”，甚悦。

暮秋[1]湖静烟波寒，
一任银鸥[2]尽水欢。
岛[3]景迷人游客醉，
雕楼[4]空史岁华[5]残。
天锡纯嘏[6]洪福至？
修立厥德[7]贤善传。
木刻砖雕天下秀，
故园春在[8]游人叹[9]。

（2023 年 10 月 29 日）

注：①暮秋：深秋。②银鸥：常在太湖上飞行的鸟。③岛：此指太湖中的东山岛。④雕楼：指雕花楼，建设中用了木刻和砖刻。当时楼主金锡之用了 250 多名工匠昼夜施工，历时 3 年，花去黄金 3471 两。⑤岁华：犹岁时，时光、年华。⑥天锡纯嘏（gǔ）：即天赐大福的意思。⑦修立厥德：行善积德。⑧春在：雕花楼原名春在楼，取典于清代诗人俞樾的殿试名句：“花落春仍在”。⑨叹：赞叹、赞美。

游石公山[1]

（中华新韵）

石公山立太湖中，
奇秀岩石树郁葱[2]。
一线天[3]高梯陡峭。
北堂[4]观水[5]尽无穷[6]。

（2023 年 11 月 5 日）

注：①石公山：位于太湖中的岛屿，因山前有巨石状若老翁而得名。岛中有岛，湖中有湖，山外有山，天外有天，是太湖风景名胜区的精华所在。②郁葱：形容植物枝繁叶茂。③一线天：巨岩壁立，中间如同斧劈一般，一道裂缝，一线通天。这里通天极顶，有 53 个石级。④北堂：即浮玉北堂。“浮玉”源于石公山顶碧柏郁葱，从远方看石公山的全景图，好似一块碧玉浮在河面上；“北堂”则因全部建筑地底座北朝南，并且堂是古代用于招待女宾的地区，因此叫浮玉北堂。坐于此可欣赏到美丽的太湖景色。⑤观水：即观赏太湖水。⑥尽无穷：即无穷无尽，形容没有结束或限制的事物。此指无限美丽的风景。

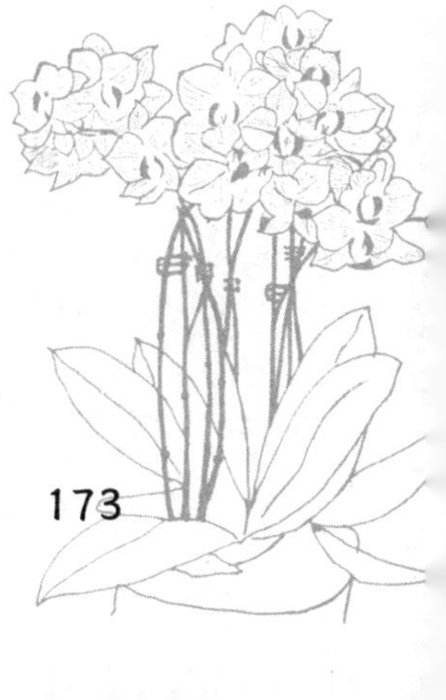

探天下第九洞——林屋洞[1]

西山岛匿仙人洞，
迤逦[2]探幽别有天[3]。
石片成林钟乳挂，
神工鬼斧历千年。

（2023 年 11 月 5 日）

注：①林屋洞：在太湖西山东部的林屋山下，俗称龙洞。母体是石灰岩，它的形成时间距今约 3 亿年。②迤逦：曲折连绵。③别有天：别有一番天地。

题蝴蝶兰

（中华新韵）

绿蕉[1]托梗[2]尽芳菲[3]，
紫粉花开似蝶飞。
稚蕊[4]清幽香自远，
尘埃不染胜金梅[5]。

（2023 年 12 月 20 日）

注：①绿蕉：指蝴蝶兰的叶子。②梗：指植物的茎。③芳菲：指花草盛美，芳香。④稚蕊：新长出的花蕊。⑤金梅：蜡梅的别称。

于郭亮村穿隧太行山

绵延南北三千里，
雾萃[①]山峦草木荣。
迤逦[②]环旋行路远，
长廊绝壁万仙惊。

（2024 年 6 月 1 日）

注：①雾萃：云雾聚合貌。②迤逦：曲折连绵意。

在青年洞前

拾阶游望青年洞[①]，
碧水潺潺五十年[②]。
凿壁声声传万里，
人间奇迹落峰巅。

（2024 年 6 月 2 日）

注：①青年洞：是红旗渠总干渠主要工程之一。因参加凿洞的突击队员是从全县民工中抽调出来的 300 名优秀青年，故称之。②五十年：指红旗渠于 1960 年开凿，1969 年 7 月竣工。竣工至今已有五十年时间。

过羑里城[1]

文王庙里伤神地，
演易台[2]前观卦辞。
弘历题诗悼圣主，
太公辅佐钓磻溪[3]。
井无洌水风如故，
冢[4]有吐儿草附依。
蓍草[5]芬芳卜万事，
天心[6]万古悠悠思。

（2024 年 6 月 3 日）

注：①羑里城：羑里城遗址位于河南省安阳市汤阴县城北约四公里处，也被称为文王庙。传言，大约三千年前，殷纣王曾在这里关押周文王姬昌长达七年。这一地方被认为中国历史上最早的监狱之一。②演易台：据说，周文王在羑里城推演出六十四卦三百八十四爻，即《周易》的核心内容。③磻溪：地名，在陕西省宝鸡市东南。相传姜尚曾垂钓于此，遇周文王。④冢：指吐儿冢。周文王在羑里城演易期间，因遭殷纣王怀疑而被迫吞食用其长子伯夷考肉所制成的肉汤。尽管心知肚明，周文王仍含泪将之咽下，随后在演易台后吐出。后人为纪念这一事件，在此地堆积了一个土冢，命名为吐儿冢。⑤蓍草：蓍草卜筮，是一种古老的占卜方式。蓍草被古人认为具有特殊的灵性与神秘力量。⑥天心：天意。

游清明上河园

车驰汴梁①五月天，
繁华落地忆从前。
清明风正上河②岸，
宣化承流③新史篇。
保卫京都④旧日事，
挑杀柴桂⑤宣和⑥烟。
眼前尽是观游客，
穿越归来意逶绵⑦。

（2024 年 6 月 4 日）

注：①汴梁：即河南省开封市。②上河：指黄河开封段。③宣化承流：宣布恩德，承受风教。谓官员奉君命教化百姓。④保卫京都：即东京保卫战。是两宋之际以李纲、宗泽等抗战派将领为首的宋朝军民抗击金军侵略、保卫首都东京（开封）的重要战争。⑤枪挑柴桂：此讲宣和年间岳飞枪挑小梁王柴桂的故事。⑥宣和：宋徽宗的第六个年号，也是最后一个年号。⑦逶绵：连绵不断貌。

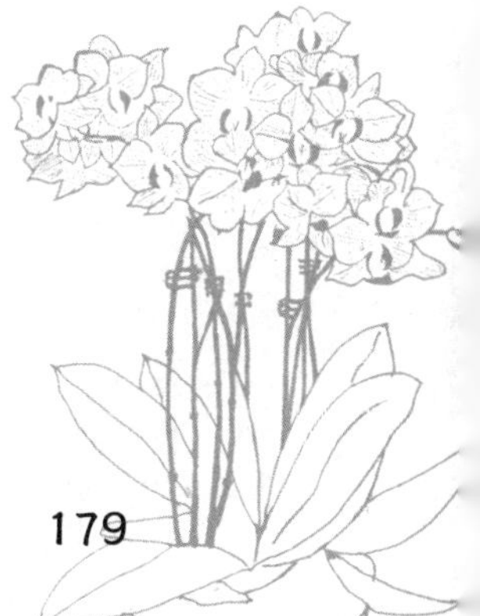

过轮渡

（中华新韵）

萧瑟秋风湖水绿，
波推浪涌皆涛声。
眼前皆是环湖树，
脚下尽流千古情。
浩浩不息天地远，
绵绵无尽风云轻？
商船接续似曾见，
横渡穿行古镇[1]迎。

（2024年10月2日）

注：①古镇：指窑湾古镇。

清晨在窑湾古镇上行走

街静路长古韵存，
柳梢近水拂塘云。
灯笼高挂秋风劲，
旗旌飘扬飞鸟闻。
怀旧岁月①怀旧事，
镖局盛远②望空门③。
当年人影何时见？
古镇百年点点痕。

（2024 年 10 月 2 日）

注：①怀旧岁月：一处景点名。②盛远：镖局名。③空门：指镖局内只有旧时的物，而无当年的人物与景象，如同空设的门一样。

吟窑湾小镇

兴来随意窑湾游，
街巷穿行天正秋。
兴盛百年因水起①，
绵延千载为船留。
南来北往多商客，
地远天长皆俊流。
不见旧时商贸事，
馆坊②行栈今人游。

（2024 年 10 月 2 日）

注：①“兴盛百年因水起”句意：窑湾古镇坐落于江苏新沂西南部，位于邳州、宿迁、睢宁、沛县交界处，号称“黄金水道金三角”。明末清初，中运河开通后，窑湾古镇成为京杭大运河的主要码头之一，曾经“日过桅帆千杆，夜泊舟船十里”。镇上店铺林立，商贾云集，设有八省会馆和十省商业代办处。②坊：店铺。

月牙桥[1]上

月牙桥上任风吹，
旧日风情[2]多韵姿[3]。
沽酒老翁街市立，
迎风垂柳桥边思。
渠流缓缓清波远，
丛苇深深两岸飔[4]。
来往[5]不知深巷事，
桥无声响意迟迟[6]。

（2024 年 10 月 2 日）

注：①月牙桥：在窑湾古镇景区内，建于清道光年间。原是用半个石磨在河上搭建的小桥。②旧日风情：指明清时期窑湾的建筑风貌和当地风情。③韵姿：同姿韵。形容美好。④飔：凉风。此指吹拂着凉风。⑤来往：指来来往往的人。⑥意迟迟：迟迟，徐缓的样子。形容心情的慵懒、精神上的迟缓。

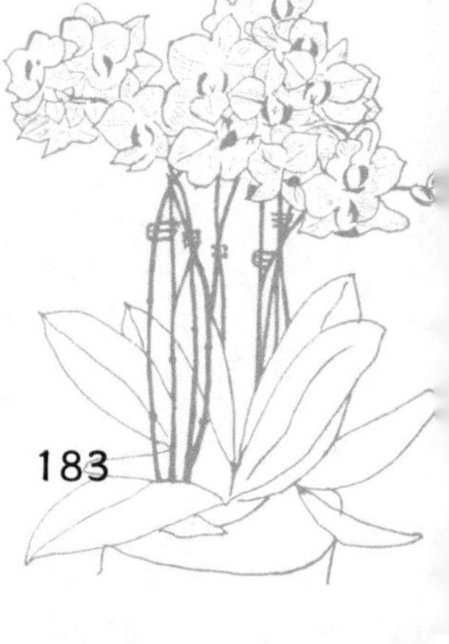

一溪庭院民宿前留笔

飞檐小院几楼层，
古意深深多蔓藤。
不见明清会馆①客，
游人出入呼亲朋。

（2024 年 10 月 3 日）

注：①明清会馆：是指明清时期全国各地在窑湾设立的山西会馆、江西会馆、苏镇扬会馆、山东会馆、河南会馆、河北会馆、安徽会馆、福建会馆八大会馆及其他地区所设的小会馆（即办事处）。这些会馆各具地域特色，反映了不同地区的文化和商业交流情况。

览夜猫子集

南来北往船锚[1]岸，
古镇三更夜市开。
街暗灯前几步影？
天明河上千杆桅。
云集百业昌荣地，
交易五洲天下怀。
流水滔滔东向去，
夜集依旧[2]一徘徊。

（2024 年 10 月 3 日）

注：①锚：用于使船只停泊的铁质器具，此指船只停泊。②夜集依旧：指窑湾民俗史话馆中的夜猫子集模型为仿旧时规制缩小比例而设。

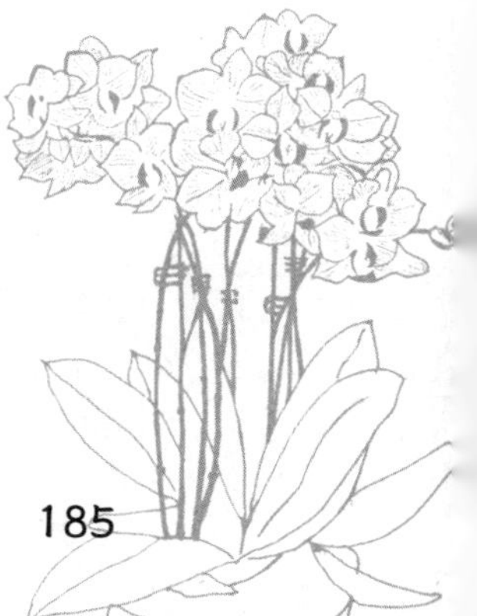

闻香识古镇

（中华新韵）

秋风过处香幽远①，
古镇甜油②别样鲜。
皇帝尝食成贡品，
非遗字号二百年。

（2024 年 10 月 3 日）

注：①幽远：深远。②甜油：一种调味品。窑湾古镇三宝之一的甜油，味道鲜美。清代晚期已驰名运河南北，目前是徐州市非物质文化遗产。“信隆酱园店”是生产甜油的作坊，距今已有四百多年的历史。传说，清乾隆皇帝南巡回京路过窑湾，品尝窑湾甜油后，感觉别有一番风味，后便定为贡品。

在古镇①小巷用餐闲观

往来游客行南北，
小巷味长香满天。
前日故人②方远去③，
空留古韵意缠绵。

（2024 年 10 月 3 日）

注：①古镇：此指窑湾古镇。②故人：指旧的朋友。③远去：离开。

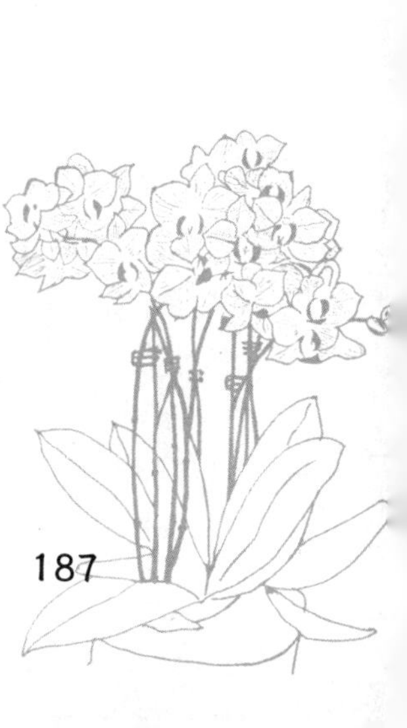

在窑湾西河栈道上漫行

河水漪漪[1]半暗明，
双桥深处草虫鸣。
苇蒲不语秋将老，
旋见游船又一程。

（2024 年 10 月 4 日）

注：①漪漪：水波荡漾貌。

赏景游船上

（中华新韵）

迎风逐浪向东行，
岸柳轻拂水满盈。
街市依稀魏晋事，
妆人[①]撩动汉唐情。
桥低穿越碎光影，
塔远遥思聆古声。
流水潺潺秋色静，
人生漂泊几津亭[②]。

（2024 年 10 月 4 日）

注：①妆人：指化妆穿古服的人。②津亭：古代建于渡口的亭子。

清晨乘车途中观乡村秋景

晨阅窗前景，
乡村秋色浓。
鱼塘泛碧绿，
稻地展秋容。
泥豆[1]沉沉意，
苇花淡淡风。
清新田野阔，
水韵乡村丰。

（2024 年 10 月 4 日）

注：①泥豆：即黄豆。

在黄墩湖韩湾渡口远望

长堤千里皆秋色，
船载秋风南北行。
浩浩茫茫烟水远，
一湖风景一湖情。

（2024 年 10 月 4 日）

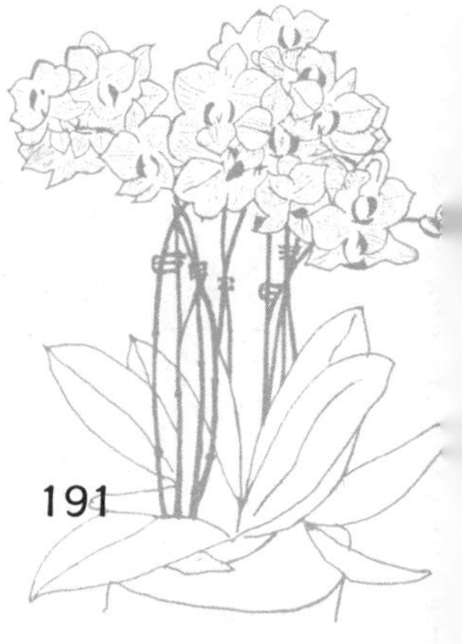

桃源人民广场漫步

（中华新韵）

秋阳斜照风轻轻，
树静鸽飞人漫行。
双侧小屋童趣事，
环城皆绿云楼平①。

（2024 年 10 月 9 日）

注：①云楼平：远看城中的高楼与空中的白云几相平行。

登射阳滨湖楼眺望

远眺清湖秋色浓，
田田莲叶弄秋风。
天高云淡空灵[1]岸，
依旧生机万木荣。

（2024 年 10 月 29 日）

注：①空灵：空幻灵动而难以捉摸。

咏白海棠

（中华新韵）

芳心一点占春光，
清影娇姿万缕香。
梦忆梅魂独自赏，
柳风吹掠倚夕阳。

（2024 年 11 月 19 日）

冬日雨中桐叶满地吟

凄风冷雨更天寒，
桐叶纷纷满地残。
仿佛绿荫昨日事，
沧桑无奈尽衰颜[①]。

（2024 年 11 月 25 日）

注：①衰颜：衰老的容貌。

卜算子·垂柳

千年万里飘，
一树百枝袅[①]。
古道长亭芳草碧，
离绪烟缥缈。

今朝两岸垂，
风劲一城笑。
纤影仙姿荡春意，
拂水谁人俏？！

（2024 年 12 月 6 日）

注：①袅：细长柔软的东西随风摆动的样子。

第二辑 谊情篇

相彼鸟矣，犹求友声。
矧伊人矣，不求友生？
神之听之，终和且平。
——《诗经·小雅·伐木》

满庭芳·贺王业①副教授从教四十周年

卌载光阴，挥鞭点墨，
平常一段风流。
教书明道，刚正②不私求。
寻探科学自乐，黑土地，耕种悠悠。
举头望，草青柳绿，花蕾满枝头。

江流东向去，青山不老，
壮志言酬。
再燃烧红烛，功载千秋。
作著立说典范，不辍笔，更上高楼。
踏歌处，桃红李艳，笑语遍神州。

（1994 年 5 月 8 日）

注：①王业：副教授，二十世纪五十年代初运河师范毕业生，时为泗阳电大老师，曾为笔者高中政治老师、学校教导主任。王老师为人正派，治学严谨，一生桃李满天下。②刚正：刚直方正。

喜迎同窗陈君访泗

（中华新韵）

欣闻同砚①至桃源②，
相见如初似旧年③。
莫叹时光催色老，
勃勃④风采胜从前。

（1995 年 5 月 3 日）

注：①同砚（yàn）：同学。②桃源：为江苏省泗阳县古称谓。③旧年：往年。④勃勃：精神旺盛。

给淮君

（中华新韵）

春秋两载淮师院，
文字语言细沈研①。
灯下品读吟望岳②，
至今熟记无衣③篇。

（2096 年 3 月 5 日）

注：①沈研：深入研究。②望岳：杜甫的五言律诗。诗篇充满了诗人青年时代的浪漫和激情，抒发了他勇于攀登、傲视一切的雄心壮志。③无衣：《诗经·秦风》中的一首诗。表达了高昂士气和乐观精神，也充分表现了兵士的团结友爱。

毕业十年相聚相庆

十年相聚风盈盈，
执手闲谈别后①情。
昔日校园共曙暮②，
今朝四处各云程③。
恩师鬓角皆霜色，
同砚风华竞向荣。
把酒举杯酌万意，
门前留影悄无声。

（1996 年 9 月 12 日）

注：①别后：指毕业以后。②曙暮：即朝夕。③云程：远大的前程。

中秋思母

寒来暑往又中秋，
夜静月圆更戚忧[①]。
萧瑟秋风响爆竹[②]，
荒芜[③]枯草听渠流。
传承孝道古今事，
夷[④]削丘坟后嗣仇。
怆地长悲泪不尽，
悠悠岁月一湖愁。

（1996年10月2日）

注：①戚忧：忧伤。②爆竹：即鞭炮。此时为八月十五，家家团圆，故燃起了爆竹。③荒芜：因无人管理而长满野草。中秋时节的乡间野外，荒草离离。旁边小渠的水缓缓流淌，掩没在草蔓之中。④夷：削平的意思。时耕种者扩田推平坟头。

吊子龙

（一）

人间自有真情在，
相聚共欢藉①友心。
执手对谈忆往昔，
依依作别②泪沾襟。

（二）

卅六光阴岁月稠③，
少年往事梦悠悠。
人生何故多劫难，
无奈④青春万事休。

（1998 年 9 月 3 日）

注：①藉：安慰。1995 年 3 月，得知子龙患病已半身不遂，同学皆去为其祝庆生日。②作别：分手告别。③稠：多而密，指岁月漫长。1998 年 4 月，子龙同学离世，时年 36 岁。④无奈：即无计可施，没有办法了。

怀思临中[1]

三尺讲台意不尽，
梦言接令[2]回临中。
情形依旧忙人影[3]，
岁月几何问夏桐[4]。

（1998 年 12 月 18 日）

注：①临中：即临河中学。②令：调令。③忙人影：指教师备课、上课、辅导等忙碌的身影。④夏桐：即夏天的梧桐。临河中学校园不大，左右共四五排房屋，然而中轴路两旁 1958 年栽植的粗壮高大的老梧桐树却成为临中最亮丽的风景。每至夏天，一片浓荫，凉风习习，堪为佳境。

草庐旧忆

昨夜星辰昨夜梦，
露沾粗褂发凝霜。
当年[①]草屋农桑[②]事，
品苦饮愁涕满裳。

（1999年10月26日）

注：①当年：指1976年12月至1978年11月。②农桑：泛指农业生产。笔者独自在乡间生活，住着两间土坯草苫知青房，一边读书一边躬耕农事。

相见欢·年年共婵娟

片言细入心田，
意翩翩。
恍若时光回转又从前。

隔不断，
长相盼，
泪毋涟。
山水相知何处不婵娟？

（2003 年 10 月 11 日）

老友相逢喜而作

（中华新韵）

昨日，老同事陈、刘来宿，招待之。席间，畅谈往事，闲叙旧情。追念往昔，抚拍友情，珍惜今朝，自当奋蹄。

闲叙当年无限忆，
教坛砥砺①朝夕忙。
问询老友几人在？
今见寅兄②两位行。
淡出十年情未尽，
沉浮八载志方扬。
精神依旧再豪饮，
浊酒③一杯岁月长。

（2004年9月4日）

注：①砥砺：“砥”指细腻的磨刀石，“砺”指粗糙的磨刀石。砥砺合指磨刀石，也指磨炼、锻炼。②寅兄：同事之间的敬称。③浊酒：浓稠之酒。

八月十五忆母

（中华新韵）

（一）

艰辛劳累度残月，
病重难痊①人永眠。
颠沛一生半苦涩，
渠边荒草空袅烟②。

（二）

忽梦庙东独惋伤③，
土墙草屋蒹苇④塘。
陂湖⑤田景庄前事，
母病踽行⑥守异乡。

（三）

岁岁中秋风飒瑟，
当空明月落枝头。
人生如此长相忆，
想到母慈涕泗流。

（2004 年 9 月 28 日）

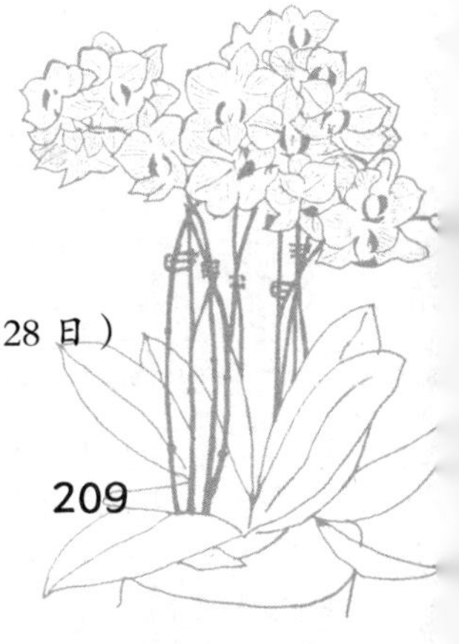

注：①痊：病好了。②空袅烟：指祭祀时烧去的纸烟在空中无声无息地缭绕着。③惋伤：怅恨哀伤。④蒹苇：即芦苇。⑤陂湖：即陂泽。⑥踽行：形容人独自行走。行动缓慢、步伐不稳，不如意。

夜雨中接放学女儿回家

（中华新韵）

夜风吹雨尽凄冷①，
路面迷离②影杳濛。
忧虑千金遇急雨，
疾行学校接雏鸿③。
回思往事暗垂泪，
环顾四墙可见穹④。
今日子息⑤皆勉力⑥，
万千希望在其中。

（2004 年 11 月 26 日）

注：①凄冷：凄清寒冷。②迷离、杳濛：皆指模糊不清。③雏鸿：指孩子。④穹：天空。⑤子息：即子嗣、后代。⑥勉力：尽力、努力。

淮师[1]岁月

（古风）

星移斗转霜满天，
岁月无痕皆远烟[2]。
细雨连绵行路远，
校园新建尽浮喧[3]。
礼堂为寝[4]满衾被，
教室邻租诵雅篇[5]。
后无院墙接旷野，
聊发诗情落田园。
河道浓荫闲览阅[6]，
操场垫土皆尘烟。
高楼新起初冬雪，
规制[7]渐成焕曙天[8]。
两载时光学师范[9]，
布衣子弟慕英贤[10]。
门前留影暮春逝，
岁月如歌已卅年。

（2004 年 12 月 1 日）

注：①淮师：淮阴师范学院。笔者 1979 年入校读书。②远烟：远

处的云烟。③浮喧：嘈杂、喧哗的意思。④寝：居室、宿舍。⑤雅篇：优美篇章。初入学时，从《诗经》开始讲读，首篇为《周南·关雎》。⑥览阅：即阅览。⑦规制：指学校建筑物的规模形制。⑧曙天：黎明时的天空。⑨师范：教师风范。⑩英贤：德才兼备的杰出人才。

曾经的那条街那些事

（古风）

运河水润桃源县[①]，
骡马小街[②]名远扬。
历史悠久商贾地，
东西横向两千长。
四方来客尝御品[③]，
八面乡民传蚊[④]章。
相连客栈皆盛旺[⑤]，
街巷[⑥]市集俱熙攘[⑦]。
祖居[⑧]百年风雨过，
老街处处换新装[⑨]。

（2005 年 4 月 3 日）

注：①桃源县：此指江苏省泗阳县，元时称名，明清沿用。②骡马小街：即骡马街，东西向，长约 2000 米。位于县城京杭运河北岸，元代为“驿站”，后来商贾云集，至清代繁荣更甚。1972 年 8 至 1976 年 12 月，笔者在骡马街祖宅生活，经历了艰难的少年时代。③御品：传说乾隆下江南时曾在泗阳骡马街停留，品尝炸酱面一碗，赞不绝口。④蚊：蚊子。传说乾隆皇帝在骡马街憩息，蚊蝇皆避之。因此，骡马街不生蚊蝇的传说广为流传。⑤盛旺：繁荣、兴旺。⑥街巷：大街小巷。二十世纪七八十年代前，皆是沿街兴市，甚至小巷口里都摆满了摊子。⑦熙攘：人来人往、忙碌纷繁。⑧祖居：祖宗及后辈一向居住之处。⑨新装：指骡马街经过改造提升，整体设计为明清建筑风格，与周边景观带连为一体，尽显古朴之意。

苏幕遮·忆母

乙酉中秋，天凉意清。立台遥思，追忆亡母。一十六载，茔冢草枯。一葬二迁，孤苦飘零。生死两悠，哀哉哀哉。

近中秋，人意静。
凉月悬枝，
低语风咽哽[1]。
故道荒芜还泰定[2]？
树曳[3]声疾，碧月怜孤影。

墓南迁，荒野径。
纸箔[4]轻燃，
岁岁祈康靖[5]。
儿女向学[6]摹胜景。
门矮庭薄，藉[7]母九泉瞑。

（2005年9月18日）

注：①咽哽：泣不成声，气塞声断。②泰定：安定。③树曳：树在轻轻地摇动。④纸箔：指纸钱（为先人送去的金元宝）。⑤康靖：安宁、安康。⑥向学：立志求学和好学。⑦藉：安慰。⑧瞑：闭上眼睛。

我的姨母舅父

（古风）

自长辈们相继离去，时常回想起从前的事。苦难、辛劳是那辈人深深的生活印记。

记得当年母病重，
小院初见舅姨来。
执手相看泪满眼，
低声言语俱伤哀。
同忆往昔难团聚，
陇沪[1]千里各天涯。
苦难岁月路漫漫，
数十光阴多浮灾[2]。
此番生离与死别，
别后思念长悲摧[3]。
草长莺飞春又去，
经年舅姨身渐颓[4]。
姨父先去无声息，
辛苦一生风雨陪。
三姨背驼老即至，
急病撒手难挽追。

小舅仁厚寡言语，
肺癌难愈赴泉台[5]。
亲人相继离我去，
茫茫人生尽哀哉。

（2005 年 11 月 27 日）

注：①陇沪：指甘肃和上海。②浮灾：骤来的灾祸。③悲摧：一般表示不称意、伤心等意思。④颓：精神不振，衰老。⑤泉台：指人死后所葬之处。

忆石君

（古风）

前夜，忽梦石君，时隔数年，往事如昨。感彼曾经关怀，心念甚切。良久思绪如缕。

缅忆①当年与君见，
地冻气清月寒天。
长衣正襟玳瑁镜，
气度轩昂意翩翩②。
得缘鼎荐在政协，
咫尺聆听相究研③。
同室共事两三载，
谆谆④话语皆爱怜。
临别君赠一席话，
感我肺腑催我前。
良禽择栖君未老，
三月相随聚宿迁。
君性如旧多嫉俗，
世事难料常变迁。
惊闻电击殒身去，
噩耗传耳泪涟涟。

正值日中炙可热，
从此难与君共年。
平生胸怀事业志，
一朝散去无尘渊[⑤]。
留有我辈闲度日，
难比君才君圣贤。
此念长记追明月，
赋诗遥忆化纸烟。

（2005 年 11 月 29 日）

注：①缅忆：回忆、想念。②意翩翩：指举止文雅，有风度。③究研：即研究。④谆谆：恳切意。⑤尘渊：指世俗的烦杂事情。

梦中那一绺岁月时光

（中华新韵）

往事依稀梦里见，
村西小屋已隳残①。
门窄墙破天棚②漏，
物少尘多人影单。
天老地荒皆破敝③，
境迁时过独含酸。
时光一绺常追忆，
奋斗人生几苦寒。

（2006 年 1 月 12 日）

注：①隳（huī）残：衰败残破。②天棚：指房顶。③破敝：破旧，破败。

示儿

年方十五志鸿远①，
学海泛舟意致横②。
苦练勤思心须静③，
人生奋发可大成④。

（2006 年 2 月 10 日）

注：①鸿远：宏大深远。②意致横：即意致纵横。意致：神情姿态；横：奔放。形容人的性格奔放。③静：此指心静。只有心静才能有定力。④大成：大的成就。

天寒居家夜守小女放学归来

春雪天寒冰冷色，
小城灯火映星光。
临窗守候自心静，
何虑雪寒日月长。

（2006 年 2 月 27 日）

陪周君顺道访耿圩

省机关周书记曾于二十世纪六十年代在沭阳耿圩生活过五年。今日去沭阳开展活动顺路至耿圩。一同下车，村头步行寻踪。

虽非祖贯①衣胞地，
第二故乡自可亲。
重返故园②说旧事，
步行村路聊乡邻。
欲寻老屋无踪影，
经过庄前已路人。
隔世③茫茫心渺渺④，
愀然⑤无绪独伤神。

（2006 年 3 月 15 日）

注：①祖贯：祖籍。②故园：故地，往日家园。③隔世：不处在同一个时代。④渺渺：形容悠远、久远。⑤愀然：忧愁的样子。

忽忆当年[①]扫祭[②]去刘老庄

难忘远骑刘老庄，
迎春花艳竞娇黄。
落魂细雨祭英烈，
绽放青春向[③]昊苍[④]。
松柏肃恭[⑤]悲壮士，
碑亭无语铭[⑥]鸿章[⑦]。
清明又至花开放，
记忆从前含远香。

（2006年3月24日）

注：①当年：指1980年。清明时节，与师范同学骑车去刘老庄祭扫八十二烈士。②扫祭：扫墓祭奠。③向：朝着。④昊苍：指苍天。⑤肃恭：端正恭敬。⑥铭：在器物上铸刻文字，含永志不忘意。⑦鸿章：鸿文，大作。

喜迎徐长者来宿晤叙

（中华新韵）

闻讯故人邀酒宴，
七旬首长桃源①来。
往昔长者多踔厉②，
今日先生大豁开③。
闲叙两年参政事，
酒喝三盏六王槐④。
光阴似水人常在，
明月悠悠入我怀。

（2006 年 6 月 16 日）

注：①桃源：泗阳县古称谓。②踔（chuō）厉：精神振奋。③豁（huò）开：开阔、开朗。④六王槐：酒名。

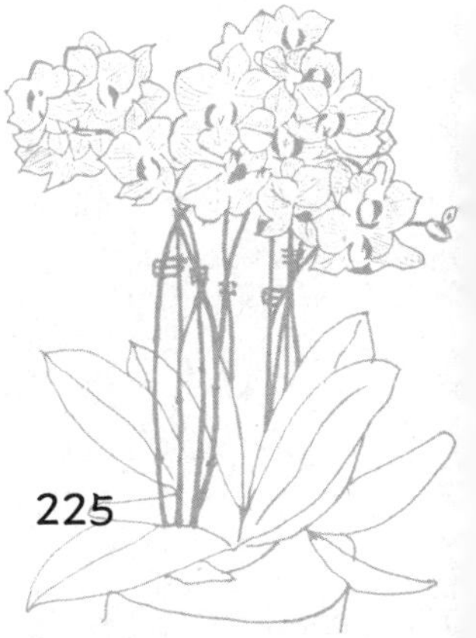

诉衷情·清明祭墓

春风细雨陌阡①行，
绿色遍田耕②。
草低墓场空旷，
未拜泪先倾。

清场地，
斫条荆③，
祭先灵。
映着楮火④，
百味丛生，
细诉衷情。

（2007年4月2日）

注：①陌阡：即阡陌，道路。②田耕：即耕田、田地。③条荆：即荆条。④楮火：焚烧纸钱的火光。

十拍子·为女儿夜送雨衣

甲夜①风凄雨冷，
路弯雾起云摇②。
心虑小女风雨打，
急急登车弯半腰，
何言路邈迢③。

忽忆少年岁月，
乡学④简陋湿潮，
村路浅窄⑤多坎坷，
蜗居寒房风瑟萧⑥，
奋争⑦何惮劳⑧？

（2007 年 6 月 17 日）

注：①甲夜：初更，即晚上 7–9 点。②云摇：飘动意。③邈（miǎo）迢：即迢邈，遥远意。④乡学：乡校，是古代政府开办的地方学校，此指乡村学校。⑤浅窄：宽度小。⑥瑟萧：即萧瑟。⑦奋争：奋斗，奋力争取。⑧惮劳：怕苦怕累。

在岁月中沉静的那条村路①

蹒跚②影在村前路，
放学归来结伴行。
嬉戏无边年少梦，
翻飞岁月无归程。

（2007 年 12 月 12 日）

注：①村路：指五十年前故乡屋前的泥土小路，约五米宽，沿着庄河东西横向。这是我一生成长的起点。②蹒跚：幼儿走路时摇摇晃晃、一步三摇的样子。

怀念少年时代的他们

1980年初冬，在故乡一发小家聊天。九时左右见村路上两个十六七岁年青人一前一后、不紧不慢地向村外走去，呈现出一幅乡间清淡、古朴的外出谋生画面。我沉默了。

门前身影似曾见，
步履匆匆赶路程。
男子于前肩钺斧，
女孩在后寡言声[1]。
双肩稚嫩担日月[2]，
心志尚柔谋营生[3]。
目送故人[4]西向去，
殷殷桑梓悠悠情。

（2008年4月23日）

注：①言声：作声、吭声。②日月：即日月时光，指岁月生活。③营生：谋生、做生意。④故人：指代那些在过去相识并有着深厚友谊的人。

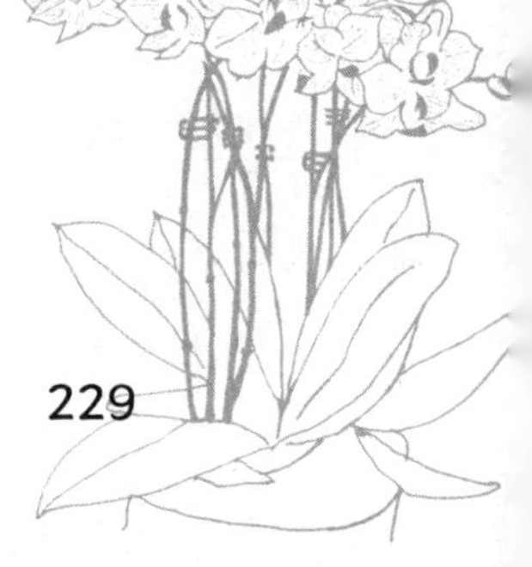

致网友常君

（中华新韵）

网络为帛①可作诗，
万千意象翩翩思。
读君佳作如茗品②，
别样性情别样枝。

（2008 年 9 月 2 日）

注：①帛：此指纸帛。②茗品：指饮茶、品茗。

祭岳父

终老病亡十月①天，
麦青依旧草无边。
一生吃尽万般苦，
万事操劳六十年。
宽厚仁贤坦荡荡，
善和平睦②重殷殷③。
树高叶落深秋色，
簇簇④白花袅⑤楮⑥烟。

（2008 年 12 月 22 日）

注：①十月：此指农历十月。②平睦：犹平和。③殷殷：形容情意深厚。④簇簇（cù）：一堆堆、一丛丛。⑤袅：烟气缭绕上升的样子。⑥楮（chǔ）：纸的代称。

回想纸鸢①放飞的那年午后

清丽②早春散学后，
游玩忘返③线长牵。
天高风烈满坡绿，
操场东边放纸鸢。

（2008 年 12 月 28 日）

注：①纸鸢：即风筝。②清丽：清新秀丽。③游玩忘返：指三十六年前与一个外号叫“田鸡”的同学，放午学因放风筝贪玩未回家的情景。后来听说，“田鸡”结了两次婚，前后各有孩子。人生有轨，无奈岁月。

给放晚学归来儿

冬雪飘飘三九寒，
冰檐①垂落夜阑珊②。
萧萧风烈归人影，
刺股悬梁③莫畏难。

（2008 年 12 月 28 日）

注：①冰檐：即垂于屋檐边的冰凌。②阑珊：衰残、将尽的意思，此指夜已深。③刺股悬梁：此以孙敬“头悬梁”和苏秦“锥刺股”的故事比喻废寝忘食地刻苦学习。

再谊五月槐[1]

廿载沉沉音信断，
忽闻湖[2]畔佳书来。
忆寻教院青春语，
窗谊长吟五月槐。

（2010 年 10 月 20 日）

注：①五月槐：即“五月槐花”，此为吉同学的博客用名。②湖：指高邮湖。

与同窗

牵梦①呓言②往日事，
同窗共勉影随形。
疑难不解常研治③，
岁月已然④思旧亭⑤。

（2011 年 3 月 3 日）

注：①牵梦：萦于梦寐。②呓言：即梦话。③研治：研究。④已然：指过去。⑤旧亭：指淮阴教育学院原教学楼。现已拆而被开发为住宅小区。此指校园及在校园的读书时代。

踏荫寻踪

昨日，在宁参加会议。有暇去旧日校园走动。“小红楼”依旧，只是物是人非。心生波澜，感慨良多。

踏荫寻觅红楼[1]在，
隐约馆[2]前花影留。
来去后学[3]皆不识，
檐廊凝望已三秋[4]。

（2011 年 3 月 31 日）

注：①红楼：指红色的三层古建筑式教学楼。②馆：指图书馆。③后学：指后进的读书人、后入学的同学。④三秋：比喻很长的一段时间。

笔忆大姨母

几度重逢[1]几散别[2]，
经年流水风凄零。
仍思窘日[3]时接济，
更念贫时多予馨[4]。
风雨春秋人渐老，
失亡[5]手足自哀鸣。
沧桑岁月皆漂泊，
世纪人生终一萍[6]。

（2011 年 4 月 25 日）

注：①重逢：长时间不见的又一次相遇。时去太仓开会的途中，顺便看望了在二姐家小住的大姨母。其已老态龙钟，耳聋、背驼……②散别：分离。③窘日：即贫穷的日子。④予馨：给予芬芳。此有帮衬、照顾意。⑤失亡：丧失（兄弟姊妹等亲人）。⑥一萍：一叶浮萍，漂泊不定。

孩提印记

（中华新韵）

一河[①]南北四十家，
朝夕相闻共九霞[②]。
谷场[③]嬉玩忘落日，
队房墙上乱涂鸦[④]。

（2011 年 12 月 1 日）

注：①一河：指村前的一条无名河。四十年前，笔者家在里下河地区，那里河网密布，童趣万千。②九霞：九天的云霞。③谷场：指打谷场。④涂鸦：儿童随意涂抹。

清平乐·毕业聚会

九二届学生毕业二十年，邀我一同参加聚会。时从丹阳匆匆赶回。抚今追昔，诸多感慨。

廿年岁月，
酒店[1]相欢见。
把盏推杯喧[2]酒宴，
活力青春未变。

依然旧日容颜，
常思岁月苦艰[3]。
光景更加美好，
师生勉勉[4]跻攀[5]。

（2012 年 1 月 12 日）

注：①酒店：指泗阳龙庭大酒店。②喧：大声说话，声音嘈杂。③苦艰：艰苦。④勉勉：力行不倦貌。⑤跻攀：登攀。

赠别郑君

（中华新韵）

巾帼英范①为君②赞，
事业一生皆苦辛。
绚烂时光独远逝③，
存留德政④入星辰。

（2015 年 12 月 9 日）

注：①英范：美好的典范。②君：此指郑女士。③远逝：此指逝世。2008 年，郑君任职省再担保公司宿迁分公司。时隔不长，因脑瘤去世。④德政：有益于人民的政绩。

次尚元无题韵[1]并寄淮教院学友

（中华新韵）

古楚[2]衲田[3]花盛开，
如织行客游三台[4]。
当年窗友[5]谁重见？
翘盼远朋项里[6]来。

（2016 年 3 月 29 日）

注：①尚元无题韵（诗）：时新疆哈密尚元同学邀请淮教院同学去新疆一游，便在群中写了一首《无题》诗，后多有同学唱和。《无题》（汤尚元）："天山雪融杏花开，处处美酒歌舞台。莫道天涯无故人，廿年同学不曾来。"《和汤尚元同学》（吉慧芳）："维扬十里又春风，桃红柳绿最思侬。遥向天山举杯饮，但等同窗醉与同。"《办公室偶得和老汤》（孙开俊）："天山雪融淮花开，卅载同窗情胜海。更与汤郎弹一曲，泗水酒翁今必来。"《无题》（刘国淮）："天山脚下话情怀，共诉卅十情与爱。但愿申猴哈密聚，笑看一群老菜苔。"②古楚：此指宿迁。宿迁属楚地，是西楚霸王项羽的故乡，素有"华夏文明之脉、楚汉文化之魂"之称。③衲田：指宿迁三台山国家森林公园的衲田花海。占地 2220 亩，有 612 块花田、50 多种花卉。④三台：指三台山公园。⑤窗友：同学。⑥项里：项王故里，此指宿迁。

和春华诗[1]并题欢乐聚

（中华新韵）

卅年[2]项里聚，
欢乐游花田[3]。
情意酒中叙，
身姿桥上旋[4]。
匆匆脚步走，
栩栩[5]清风牵。

（2016 年 4 月 11 日）

注：①春华诗：此指春华同学当日短暂相聚后别时写的一首诗：“楚王故里聚，无奈京城行。本可同茶叙，却又事经停。群主几辛苦，只为同学情。酒酣情浓处，羡煞途中人。”②卅年：指淮教院同学毕业整整三十年时间。③花田：此指宿迁三台山国家森林公园的衲田花海。④旋：旋转。当时同学在衲田的彩虹桥（全长 2.3 公里，蜿蜒起伏，如一条巨龙盘卧在衲田花海之上）上不断拍照，转过来，转过去，皆为美景。⑤栩栩：形容生动可喜的样子。

获悉缪先生去世感怀

惊悉[1]友贤[2]已病逝，
万分不信有凶音[3]。
前年相见钟吾饮[4]，
旧日知交[5]阳羡[6]吟。
海侃[7]当年乡企[8]事，
回听别后钟俞琴。
叹君才干无人识，
沉郁[9]至今我痛心。

（2016 年 4 月 19 日）

注：①惊悉：听到消息后大受震动。②友贤：意思是友人贤良，指良友。③凶音：死讯，不吉利的消息。④饮：饮酒。⑤知交：知心朋友，相互交往的情谊。⑥阳羡：宜兴旧称。⑦海侃：漫无边际地聊天。⑧乡企：乡镇企业。⑨沉郁：低沉郁闷。

浣溪纱·为同学远行哈密送别

将赴安西①少睡眠，
风情独俱意绵绵，
相逢前叙②二十年。

万里丝途③重镇地，
再酌伊曲④向天山，
此行结伴皆前缘。

（2016 年 7 月 27 日）

注：①安西：新疆古称谓。②叙：交谈，叙旧。此句指与新疆同学分别已二十多年。“二十”为概数。③万里丝途：此指万里丝绸之路。④伊曲：指伊犁特曲酒。

赏兰心佳作吟

（中华新韵）

风华才女谁识见？
泉涌文思叹不如。
游历①归来作九赋②，
三十窗谊③满河湖。

（2016 年 12 月 16 日）

注：①游历：此指兰心偕同学出游新疆。②九赋：此指兰心游历归来写的《毕业三十年》和《傲人的才情，不老的友情》等佳作。③窗谊：指同学友情。

相约偕老[1]

今生有幸结秦晋[2]，
冬夏春秋多怆[3]欢。
岁月无情人自老，
皤然[4]白发同心干[5]。

（2017 年 1 月 1 日）

注：①相约偕老：即“死生契阔，与子成说。执子之手，与子偕老”意。②结秦晋：指两姓联姻。③怆（chuàng）：悲伤。④皤然：形容头发或须发斑白的样子。⑤同心干：同心协力，努力奋斗。

寄大连兄

倥偬[1]时光又九载[2]，
青桐难舍意缠绵。
时飘果馥[3]纱巾色，
遥念白桦冰雪天。
常叹青春太短暂，
忧怜北域多辛艰[4]。
相知相识难相望，
微信两行共阅年[5]。

（2017 年 2 月 8 日）

注：①倥偬（zǒng）：匆忙紧张。②九载：虚数，指时间长。③果馥：果实散发出的香气。④辛艰：辛苦艰难。⑤阅年：经历年岁。

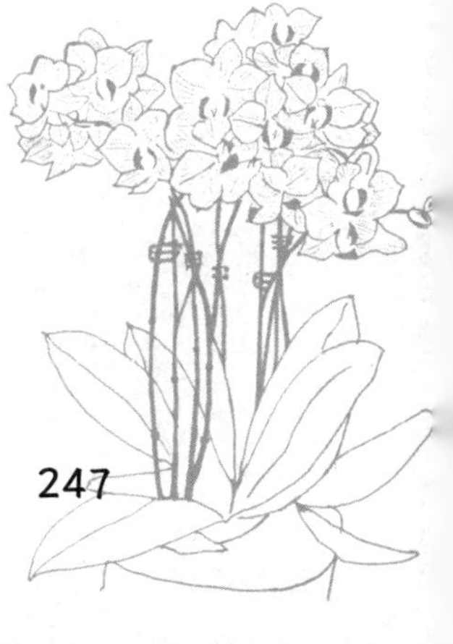

为三十年相聚一周年而记

去年三月花初放，
教院同窗项里①逢。
千亩衲田②胜景在，
何时再度共春风？

（2017 年 3 月 25 日）

注：①项里：此指宿迁。②衲田：有诗云“缀衲百花色，披就福田衣”。

入学三十年同学相聚①

卅载光阴如沈梦②，
相逢今日话三千③。
频频把酒④说前事⑤，
处处闪拍⑥续旧篇。
依旧红楼⑦树掩映，
翻新老舍⑧人流连。
园中风景旧时梦，
再聚石城⑨望后年。

（2017 年 8 月 19 日）

注：①入学三十年同学相聚：指 2017 年 8 月省教院同学在南京相聚。②沈梦：即酣梦。③三千：虚数，形容多。④把酒：端起酒杯。⑤前事：指三十年前校园点滴生活。⑥闪拍：指拍照留影。⑦红楼：即省教院的一座教学楼。建于 1953 年，极具情调，古色古香。⑧老舍（shè）：指笔者读书时的两层老旧宿舍，此时已翻建成五层的高楼。⑨石城：指石头城南京。此句指大家相约，待毕业三十年时再次聚会。

寄漂泊者

（中华新韵）

（一）

二八时光独远涉，
北国万里落琼花①。
乌衣②时恋故乡屋，
无奈人生处处家。

（二）

漂泊辗转异乡人，
滨海营生落印痕。
都市繁华终是客，
星移斗转又一村。

（三）

鸿雁南飞向滇城，
千山万水日兼程③。
波光潋滟三千顷，
观景赏花少月明。

（2017 年 11 月 13 日）

注：①琼花：此指雪花。②乌衣：指燕子。③兼程：加倍速度赶路。

答谢曹君

潍坊盛意①终难却，
孔儒之风习习来。
两地交流结厚谊②，
曹君礼送感心怀。

（2017 年 12 月 12 日）

注：①盛意：盛情，浓厚的情意。②厚谊：即深厚的友谊。

吊前虎同学

（中华新韵）

近日，78–6 班泗中同学群中发布了前虎同学因糖尿病引起的突发性心脏病溘然去世消息，皆哀悼。前虎是个热心重义之人，念之悼之。

惊闻木子[1]溘然[2]逝，
恸哭同窗泪满痕。
往事万千长梦忆[3]，
群旗[4]依旧少一人。

（2018 年 1 月 30 日）

注：①木子：是前虎同学微信名。②溘然：突然。③梦忆：对过去美好时光的回忆。④群旗：指微信群中的旗帜。

消逝的那一年春天

（中华新韵）

又是一年春草绿，
犹思小院芳菲香。
麦苗新绿承泽雨①，
桐叶初舒沐曙阳②。
风柳撩拂田野阔，
雨丝滋润春梢③长。
作别挥手卅七载，
小店站台④入梦乡。

（2018 年 3 月 3 日）

注：①泽雨：指润泽万物之雨。②曙阳：即早晨的太阳。③春梢：指春天树木长出来的新梢。④站台：车站站台。

清明祭奠父母感怀

清明河畔雨中行，
祭墓献花时梦萦①。
古道弯弯风飒瑟②，
冢坟累累碑无声。
眼前春草复枯盛，
脚下沟渠几纵横。
愧对双亲少顺孝③，
无痕岁月深深情。

（2018 年 4 月 5 日）

注：①梦萦：萦绕于梦中，形容思念情切。②飒瑟：风声。③顺孝：孝顺。

蝶恋花·情谊发小

八月华尊①重又见，
风雨春秋，
谁识今人面。
岁月沧桑临花甲②，
举杯叙旧聊时变。

学步蹒跚③为友伴，
邻舍④同窗，
情谊千千万。
爱小⑤茅屋今不在，
吾侪⑥难忘常怀眷⑦。

（2018 年 8 月 18 日）

注：①华尊：指泗阳华尊大酒店。时丁同学牵头举办了爱园小学 74 届毕业生聚会活动。②花甲：指 60 岁。③蹒跚学步：指幼儿刚开始学习走路。④邻舍：即邻居。⑤爱小：为笔者小学时读书的爱园小学，后并到其他学校。茅屋教室不久也被拆掉。⑥吾侪：即我辈，我们这类人。⑦怀眷：即怀念眷恋。

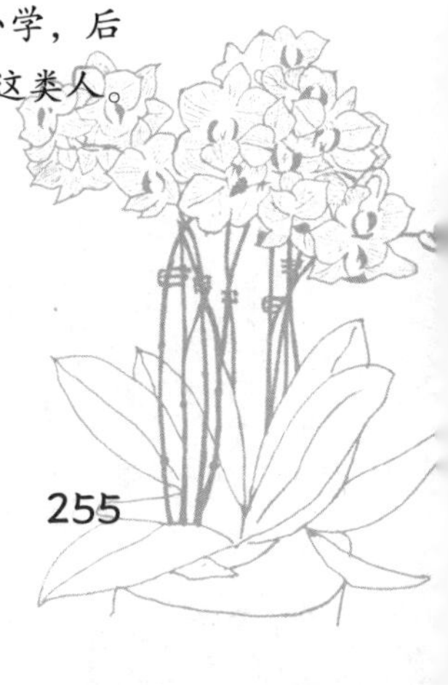

追思

4月7日，回乡祭墓，感思往昔，今是昨非。一切过往匆匆，却难忘从前。

清明新叶绿，
扫墓故乡行。
昨夜风吹雨，
今朝叶满茔。
追思三十载[1]，
遥寄满天星。
烟雾徐徐起，
时时绕梦萦[2]。

（2019年4月7日）

注：①三十载：指母亲去世近三十年。②绕梦萦：即魂牵梦萦。

与洪泽君

高山流水历千古，
相见有缘仁义①人。
浴沐②清风香万里，
芳华③自在尽韶春④。

（2019 年 5 月 27 日）

注：①仁义：常形容一个人的性情和顺、善良通达。②浴沐：沐浴，比喻受浸润。③芳华：美好年华。④韶春：美好的春光。

寻旧居

细雨急行何处去？
沿河①寻觅旧时庐②。
眼前楼起无相识③，
旧舍拆平小巷无④。

（2019 年 7 月 26 日）

注：①河：此指县城里北包河。②庐：屋。此指位于县一招后面的自建房屋。③相识：认识的人。④小巷无：即当年所住片区有七八个小巷，因全部拆除开发，故小巷不复存在。

悼春兵弟

（古风）

未及三载今又见，
无语相对弟已丧。
跪磕痛悼身不起，
凝望灵柩心悲怅。
豁达性情主心骨，
劳累一生未安康。
当应听劝断烟酒，
否则缘有早身殇。
仍记当年万千事，
十五担水持家忙。
一言一行兄镌记，
手足相亲谊绵长。
晨起陪弟去鲁垛[1]，
瞻你遗容情更伤。
魁梧双肩今迥异，
深凹瘦削难相忘。
长悲当哭泪满面，
呜呼哀哉天地荒[2]。

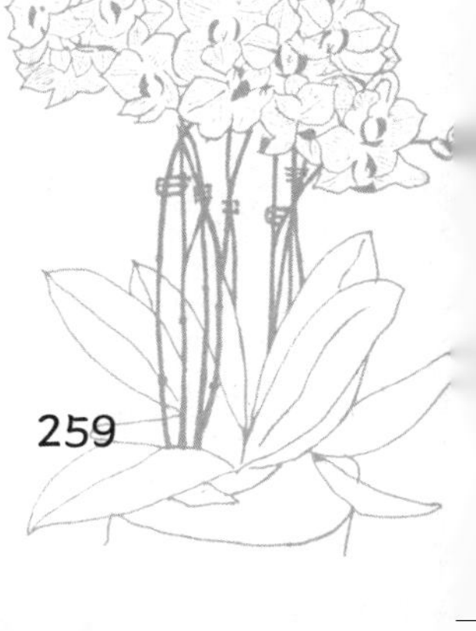

归来安魂郎坳[3]墓，
孤寂无息[4]两茫茫[5]。

（2020 年 7 月 27 日）

注：①鲁垛：乡镇名，地方殡仪馆即在鲁垛乡。②天地荒：此指天地之间没有了生机。③郎坳：地名。地方公墓即在郎坳村。④息：声息。⑤两茫茫：此指生死相隔。

给那年那月我所熟悉的知青

（中华新韵）

学生时代一别去，
锣鼓声中远梓乡[①]。
喷药间苗顶烈日，
薅[②]秧收稻披星光。
寒风凛冽修河坝，
烟雨[③]连绵清[④]水塘。
回望田畴[⑤]无限忆，
韶华尽去几沧桑。

（2021 年 10 月 14 日）

注：①梓（zǐ）乡：指故乡。②薅：拔除。③烟雨：意思是像烟雾那样的细雨，此指春雨。④清：清理。⑤田畴：田地，即农田、耕地。

与建华表兄相逢席后吟

时参加复旦大学培训，电话约居沪的建华表兄，晚上前去拜访。建华表兄设宴相聚，欣然。

急急晚行宣桥①镇，
灯光摇曳尽娇娆②。
频频示意高声喊，
缓缓停车举手招。
设宴举杯叙旧事，
纵情饮酒品佳肴。
素来③未见见如故，
醉我亲情醉半宵④。

（2021 年 10 月 20 日）

注：①宣桥：地名，位于上海市浦东新区。②娇娆：妩媚、美丽。③素来：即向来、从来。④半宵：指一夜的一半。

观合影照怀思①

在复旦大学培训期间，建华表哥发来一张 40 多年前的老照片，凝视良久，思绪万千。

框内亲人皆已逝，
沉声②凝望绵绵思。
不知何月何年聚，
但见此时此刻仪③。
画面音容成旧忆，
当年景况有谁知？
拱桥亭阁④皆成梦，
掩涕短吁长叹时。

（2021 年 10 月 22 日）

注：①怀思：怀念，思念。②沉声：沉寂无声。③仪：容貌。④拱桥亭阁：此为合影照片的背景图。

同怀①古楚聚

（中华新韵）

11 月底，兄弟姐妹相聚。天气晴朗，一同游三台山，访项王故里，观汉唐乐舞，其乐融融。

辛丑孟冬晴朗日，
相逢古楚一家亲。
共餐酒店话团聚，
游览三台②颂崭新。
又忆从前太窘困③，
复言今日少艰辛。
历经苦难事难忘，
切切④珍惜藉⑤故人⑥。

（2021 年 11 月 30 日）

注：①同怀：是兄弟姐妹的统称。②三台：指三台山公园。③窘困：窘迫困难。④切切：表示恳挚、深切。⑤藉：安慰、告慰。⑥故人：此指故去的父母（即考妣）。

悼岳母

岳母刘氏一生辛劳，年老病缠，于2022年5月10日撒手人寰，享年九十八岁。思之忍悲，以诗悼之。

病重卧床仅数日，
五天不食而长终①。
多年跨历千遭苦，
苏陕②转蓬万里重。
勤勉操持小院事，
安闲沐浴庄前风。③
而今驾鹤人辞去，
懿范④传家到碧穷⑤。

（2022年6月13日）

注：①长终：谓死亡。②苏陕：指江苏泗阳南刘集祖地与西安。二十世纪五十年代初，岳母生活在西安。③五六句的意思指岳母年老时一直在祖地生活而不离开半步，整天劳碌着小院中的琐事，有时出门转转，串串门。④懿范：赞美妇女美好的品德。⑤碧穷：无穷无尽。

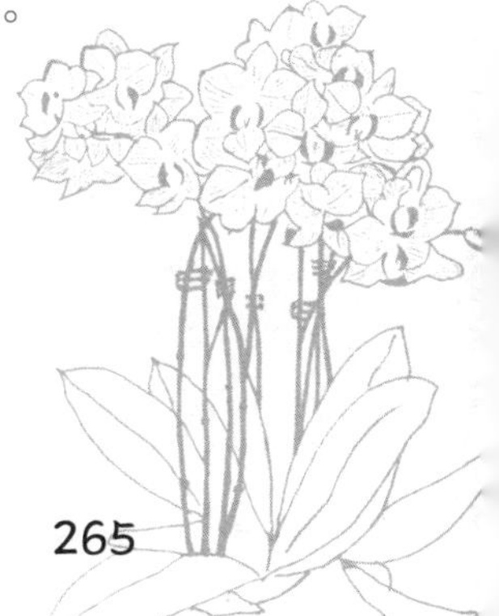

与同事别筵①聊叙

（中华新韵）

临别相聚，闲叙从前，万端感慨，亦多欣慰。

营盘铁打兵流水，
岁月匆匆花甲②归。
廿五春秋尽本职，
几番朝暮多劳疲③。
任劳任怨务实事④，
克己克勤严守规。
小聚今宵共畅叙，
情长意在皆依依⑤。

（2022 年 6 月 23 日）

注：①别筵：即告别的宴席。②花甲：指 60 岁。③劳疲：疲劳。三四句指笔者调到地市后一直在一个单位工作，经历了 25 年。虽然变化了一些岗位，但都尽职尽责无差错。④务实事：指根据实际情况行动或者处理事务。⑤依依：留恋不舍。

与远骑同学相逢而作

（中华新韵）

省教院远骑同学专程从北京来宿迁市第一高级中学讲课。应邀参加晚宴，相谈甚欢。

一别又五载，
南北少音声①。
受请②授学术，
相约聚友兄③。
打牌叙旧事，
饮酒话别情。
深夜长谈谑④，
明朝独返程。

（2022 年 8 月 27 日）

注：①音声：即声音。此指少了往来。因远骑同学在北京工作，回江苏比较少。②受请：即接受邀请。此指宿迁市第一高级中学邀请他前来做专题讲座。③友兄：即朋友兄弟，此指同学。④谈谑（xuè）：指谈笑戏谑。

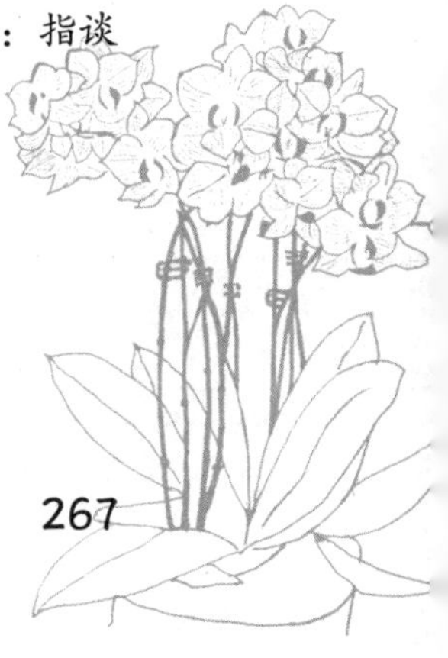

梦在庙东[1]

几度梦寻在庙东，
时光依旧飘摇中。
门前田地绽棉絮，
屋后池塘喧龀童[2]。
柳下行阡[3]通大路，
田边渠道没[4]榛丛[5]。
来人相见不相识，
梦醒方知已卌冬。

（2022 年 8 月 28 日）

注：①庙东：二十世纪七十年代中后期笔者生活过的地方。②龀（chèn）童：儿童。③行阡：道路。④没：隐藏、隐没。⑤榛（zhēn）丛：指丛生的草木。

赠兰兄

（中华新韵）

星移斗转四十载，
相聚桃源①似旧时。
昔日风华君隽秀②，
今朝诗赋汝为师。
韶华不负春常在，
老骥嘶风③志不息。
相互启迪终有益，
举杯邀月两相知④。

（2022年9月24日）

注：①桃源：指泗阳县，古称桃源。②隽秀：优异出众。③老骥嘶风：指马老了，但雄风犹在，鸣叫的声音还很雄壮。④两相知：指人与人之间互相理解，并建立起彼此之间的信任与友谊。

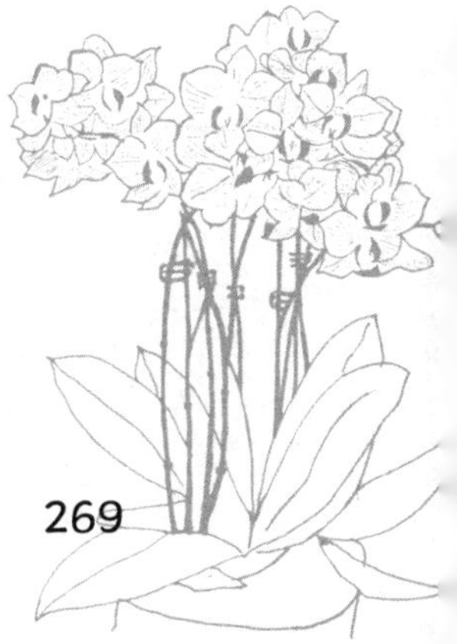

读书岁月吟

（古风）

当年转学去原中，
只身寒居在庙东。
树高屋低校园静，
市闹路窄尘土浓。
形单影只守贫屋，
放学归来作田工。
匆匆两载无所获，
回乡务农岁月穷。
不甘命运重返校，
孜孜复习毕初衷。
先为人师后从政，
勤勉不懈沐东风。
常常梦回孤身地，
时短苦长难释胸。
如今人生已花甲，
难忘初心得始终。

（2022 年 9 月 26 日）

曾经的城东小院

城东小巷茅檐[1]矮，
填土扩容院渐舒[2]。
蓬屋萧然[3]秋叶落，
凄清[4]岁月读寒书[5]。

（2022 年 12 月 2 日）

注：①茅檐：指茅屋。②舒：舒展、宽松。在原宅旁填塘，后建上边屋，渐成院落。③萧然：简陋、空寂。院中两株高大梧桐，每至深秋，便有梧桐叶落满一院。④凄清：形容微寒和凄凉冷清。⑤读寒书：指在困难条件下勤勉读书。有诗云：“学得寒书三千本，能上俏壁万里峰。”

悼祭春荣

祭悼鞠躬多念思①，
鲜花簇拥人归西。
挽联有意情难忘，
遗像无温心愀悲②。
犹记一同习八段③，
仍思携手送春熹④。
妇儿权益万般事，⑤
勤勉一生皆口碑⑥。

（2022 年 12 月 3 日）

注：①念思：怀念。②愀悲：忧伤。③八段：此指八段锦。两个月前尚与她一同在体育馆前的操场上练习八段锦和太极拳，时春荣主任精神饱满、充满活力。④春熹：春天的阳光。意思是为孩子们送来春天般温暖的阳光与新的希望。此指春荣主任带领“关爱工作团春荣润苗小组”开展的关爱困难家庭儿童的活动。⑤妇儿权益万般事：此指春荣主任以前长期从事妇联工作，积极维护妇儿合法权益。⑥口碑：指口头上的称颂。

春节同怀欢聚广陵①

轻丝②湿润正元日③，
风过个园④翠几重？
姊妹弟兄中海⑤聚，
东西南北广陵逢。
牌桌竞技欢声语，
餐宴举杯情义浓。
回望时光五十载⑥，
最难相聚影形⑦从。

（2023 年 1 月 21 日）

注：①广陵：扬州古称谓。②轻丝：指细雨。③元日：春节的别称。④个园：清嘉庆、道光年间“两淮盐总”（朝廷的税收大户）黄至筠在明代寿芝园旧址上兴建起来的园林。当时园中遍植翠竹，因竹叶形状像一个“个”字，故名“个”园。园中的四节假山很有特色，游园一周，仿佛经历了春夏秋冬。⑤中海：指扬州中海玺园小区。⑥五十载：此为约数。指五十年前兄弟姐妹同在宝应马厂一个屋檐下生活情景，后因多种原因离多聚少。⑦影形：即形影，意思是身影、踪影。

怀念祖母

畴昔①读书回祖籍②，
归依③祖母整三年。
深深院落老棚屋④，
暮色寒囱⑤一缕烟。
小脚⑥弱肩难负重，
舐情怜意⑦大无边。
朽衰⑧孤冷⑨残灯熄，
遥祭⑩跪棺⑪泣雪天⑫。

（2023 年 4 月 9 日）

注：①畴昔：往昔。笔者从里下河地区转学到祖籍。②祖籍：先辈们曾经居住的地方。③归依：投靠，依附。④棚屋：指祖上留下的老屋和因地震搭建的草棚。⑤寒囱：指艰难岁月中的贫寒人家。⑥小脚：即缠足，用布将女性双脚紧紧缠裹，使之畸形变小。祖母那个年代的人都缠裹着小脚。⑦舐情怜意：长辈对晚辈的疼爱之情。⑧朽衰：衰弱年老。⑨孤冷：孤单寂寞。⑩遥祭：向远处致祭行礼。⑪跪棺：由子孙后代完成的一种仪式。⑫泣雪天：在雪天悲泣。1988 年冬日风雪之时祖母去世，享年 82 岁。

父亲去世十五周年祭

父别尘寰[1]十五春，
吾今亦是六旬人。
长怀马厂[2]药箱影，
难忘城厢清月晨。
归老[3]进城不憩歇[4]，
退休承事[5]复劳辛。
病疾[6]卧塌少陪侍[7]，
负疚一生常梦亲[8]。

（2023 年 4 月 14 日）

注：①尘寰：尘世、人世间。②马厂、城厢：均为地名。③归老：终老。④憩歇：歇息、休息。⑤承事：接受事情，此指父亲退休后仍做一些力所能及的事。⑥病疾：病重。⑦陪侍：陪伴服侍。⑧亲：指父母，也单指父或母。

醉花阴·致晚晴[1]文学社友人

芳华[2]岁月虽已逝，
晚晴多绚丽。
志远且相知，
笔底流情，
伟大复兴系。

九光[3]绮媚[4]风摇曳[5]，
才绪[6]无穷际。
览胜醉田畴[7]，
乡村振兴，
毫颖[8]歌明世[9]。

（2023 年 4 月 24 日）

注：①晚晴：指傍晚晴朗的天色，此指晚年美好的生活状态。②芳华：美好的年华。③九光：指光芒色彩绚烂。④绮媚：美丽可爱。⑤摇曳：摇荡。⑥才绪：才思。⑦田畴：田野。⑧毫颖：指代笔，此形容文章的精彩。⑨明世：政治清明的时代。

谢卢集老农送我回城

（中华新韵）

今朝归去不识路，
幸遇老农指要津①。
且坐农车寻站点②，
深情款款③及④汪伦。

（2023 年 5 月 2 日）

注：①要津：重要的津渡，此指重要的路口。②站点：指县域公共汽车站台。③款款：诚恳忠实。④及：比得上。

晚访旧宅吟笔

（一）

重回故地多凄欷①，
无意高楼念旧时。
溢彩流光②无巷味③，
苍苍岁月柳风吹。

（二）

归来已是旧时人，
深巷老房皆未存。
片断生活④风簸荡⑤。
默然无绪无辞言⑥。

（三）

林立高楼非旧忆，
犹思深巷一炊烟。
万千变化笑吾老，
时过境迁已暮年。

（2023 年 5 月 2 日）

注：①凄欷：感叹。②流光：流动、闪烁的光彩。③巷味：指小巷的烟火气息。④片断生活：笔者在东门居委会辖区前后断续生活了 20 多年。⑤簸（bǒ）荡：飘荡。⑥辞言：即言辞。

致谢解老师与教练们

太极武艺久传承，
慈善普施授技能。
文斗[1]德高艺冠世，
导师身教言开诚[2]。
百说不厌细分解，
千问无烦慢绘形[3]。
半载苦辛今厚谢，
明春拜教[4]上阶层[5]。

（2023 年 10 月 30 日）

注：①文斗：即解老师的名。②开诚：意思为推诚相待。③绘形：此指动作示范。④拜教：指拜受教诲。⑤上阶层：意指再上台阶。

执子之手

——写在第三十七个结婚纪念日

（古风）

当年河柳系碧月[1]，
青春同享难离分。
细雨绵绵结连理，
双庆佳日尽欢欣。
校舍一间定居所，
两人世界夕朝闻。
大院时光喧闹日，
平常生活共耕耘。
匆匆半载别妻去，
宁泗千里两丛云[2]。
天寒地冻育长女，
清苦持家多劳勤。
苦辛岁月漫漫夜，
一波三折几笑纹？
双全更添建新屋，
转作机关文秘人。
地市初建辞故旧，

携挈[3]赴宿日焕新。
岁岁年年几番度，
儿女勉勉皆成人。
风霜雨雪皆无歇[4]，
日月阴晴事缤纷[5]。
而今退休享安逸，
和衷共济多馥芬[6]。

（2024年1月1日）

注：①碧月：清澈的月亮。②丛云：聚集的云。③携挈：即携妻挈子。④歇：指歇息。⑤缤纷：多元化，多彩貌。⑥馥芬：犹芳香。

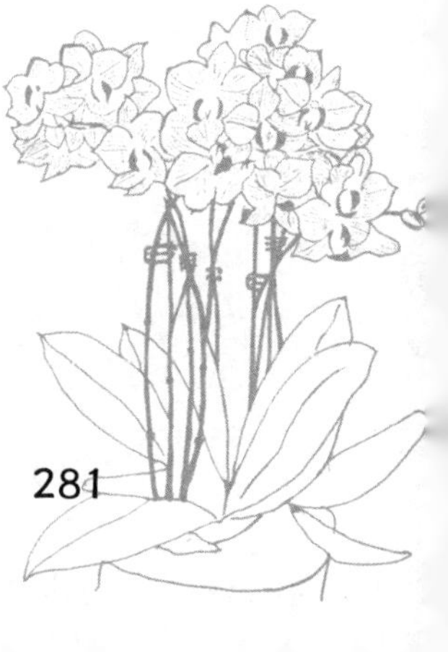

阅《成长手册》[1]为外孙女沈婳题笔

襁褓婴孩今八岁，
启蒙识字将三年。
雅拙[2]可爱天真状，
灵气乖伶[3]白雪莲。
诚实平和皆友善，
认真刻苦俱争先。
老师信赖人称赞，
雏鸟待飞傲九天[4]。

（2024 年 1 月 28 日）

注：①《成长手册》：此册记录学生在校每学期成长情况。三年级第一学期老师给沈婳的评语为：“诚实友善、关心集体、谦虚平和是你突出的优点。你的学习从未松懈过，你是同学们敬佩的小榜样。同学们信任你，老师们喜爱你……”②雅拙：幼稚质朴。③乖伶：聪明灵巧。④傲九天：通常用来形容人的志向远大。

与同砚[1]楚州普京酒店席上见赠

楚州古郡风情浓，
灯火辉煌映夜空。
怀旧唱吟淮水[2]曲，
寻踪嘉颂[3]镇淮[4]风。
无情岁月催人老，
有意同砚忆旧容。
别后沧桑无限事，
人生花甲几相逢？

（2024 年 8 月 1 日）

注：①同砚：同学。②淮水：即淮河。③嘉颂：赞颂。④镇淮：此指楚州镇淮楼。此楼从南北朝时起，经历晋、隋、唐、宋、元、明、清至今，已有一千多年的历史。虽经过多次维修，但风格依旧。

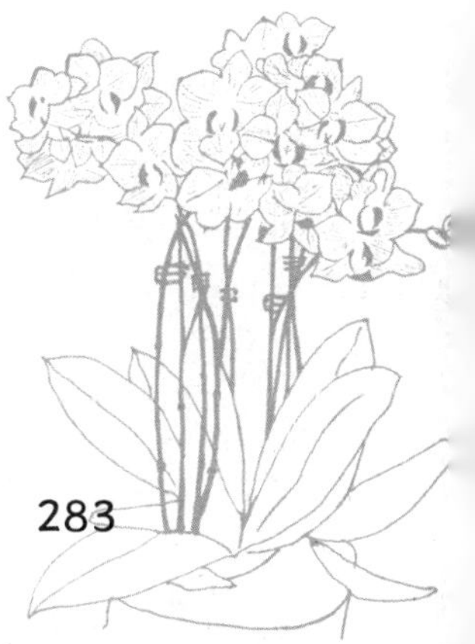

夜深客船过泾河站

（中华新韵）

夜寒风冷船川后①，
流水潺潺几路程？
沉梦惊觉抬望眼，
故乡远去两声②鸣。

（2024 年 11 月 9 日）

注：①川后：指船行驶慢。②两声：指客船靠岸停泊时鸣笛两长声。

深秋怀思庙东岁月

云淡风轻秋意浓，
稻香村野月朦胧。
庙东岁月已残梦，
叶落人衰六念①空。

（2024 年 11 月 10 日）

注：①六念：佛教语。谓念佛、念法、念僧、念戒、念施、念天。此泛指一切意念皆无。

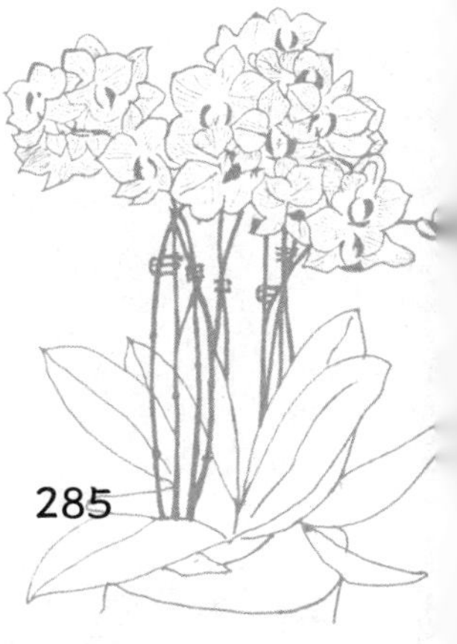

在杨集忆少年猪场刈草情形

当年猪场难寻觅，
刈草少年鬓已霜。
稻麦良田楼宇起，
无情岁月思茫茫。

（2024 年 11 月 15 日）

运河浮桥印象

木桥三段东西横，
船近中分一线形。
两岸行人脚步急，
一声笛起几弛行[1]？

（2024 年 11 月 16 日）

注：①弛行：停止行进。

忆童年晨起四人小组读书

气寒地冻天将明，
老屋无声轻起行。
黯淡①灯稀人影少，
广播声响雄鸡鸣。
四人小组②背晨课，
七点钟鸣再返程。
归去匆匆复入校，
人生璨璨③始书耕④。

（2024 年 11 月 17 日）

注：①黯淡：昏暗，光线微弱。②四人小组：指小学四、五年级四人一个学习小组。早上一起早读，晚上一起做作业。③璨璨：光彩明亮义。④书耕：指读书学习。

知青队房灶屋记怀

地冻天寒气凛冽，
土墙草屋空无门①。
孤灯月影灶台冷，
穷巷②风凄苦味存。
堆上炊烟人沸闹③，
屋前夕照谁伤魂？
庙东岁月多寒涩④，
怀记桥⑤西无旧痕⑥。

（2024 年 11 月 30 日）

注：①无门：指灶屋只有门形没有门扇。②穷巷：即从土坯垒的正房到土坯垒的灶屋要穿过一个近两米宽的小巷再左转方到。③沸闹：喧闹。④寒涩：贫困、困窘。⑤桥：此处指二里桥。⑥无旧痕：指岁月变迁，土墙草苫的灶屋早已不见痕迹，现在已是大型企业盛虹集团（宿迁）产业基地。

第三辑　颂论篇

如切如磋，如琢如磨；
如金如锡，如圭如璧。
——《诗经·国风·卫风·淇奥》

清明节缅怀先烈

奋行[①]革命求真理，
沥胆披肝志不休。
济世赈[②]民匡[③]大业，
丹心碧血写春秋。

（1995年4月5日）

注：①奋行：自告奋勇前往。②赈（zhèn）：救助。③匡：纠正。

叹惜华年[1]

往事空寻入梦烟，
戏嬉游乐疯华年。
时光不解催人老，
轻捋胡须话万千。

（1995 年 6 月 18 日）

注：①华年：指青春年华。

初至新城感怀

匆匆赴职钟吾[1]城，
漫步河滨[2]眺北辰[3]。
曾居众中[4]西院落，
尽享岁月数冬春。
而今忙碌人三处，
此刻消闲月满身。
四顾茫茫无睡意，
人生何处不艰辛？

（1997 年 1 月 10 日）

注：①钟吾：宿迁古称谓。笔者于建市之初调此工作。②河滨：此指宿迁城区的古黄河边。③北辰：即北极星。④众中：指众兴中学。三四句指当时居住在众兴中学小院落中的生活情景。

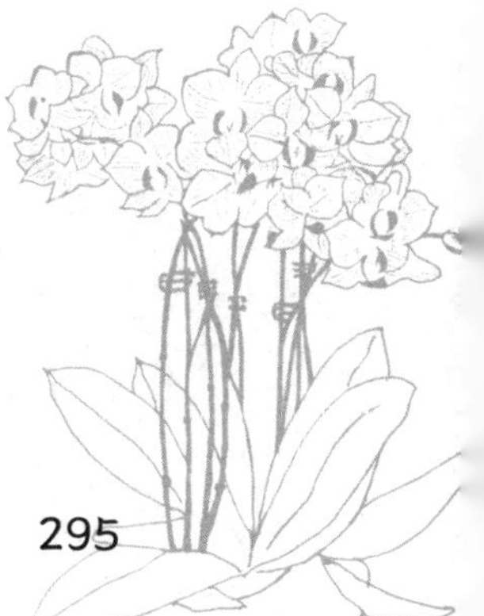

再见建邺感慨而心悦

（中华通韵）

少小离家作异客，
求学千里读书难。
十年风雨寒窗苦，
数载青灯①几日闲？
今日公差②建邺③见，
此时沉默月光寒。
清风拂面回眸望，
刘氏④还来舒⑤睟颜。

（1997年1月23日）

注：①青灯：借指孤寂、清苦的生活。②公差：即处理与工作相关的事务。③建邺：此指南京。笔者曾在此地读书两载。④刘氏：此指刘禹锡。刘禹锡曾作《再游玄都观绝句》，有诗句“前度刘郎今又来”，表达重又回来的喜悦之情。⑤舒：舒展。⑥睟（zuì）颜：温和而润泽的容颜。

调动离泗[1]随感

（中华新韵）

下相[2]古城名九川[3]，
匆匆甲子度霏烟[4]。
一张调令今重见，
两担书籍梦未残。
未晓前程几注雨[5]，
只知蹊路[6]多泥丸。
人生如水东流去，
且振精神莫畏难。

（1997 年 2 月 13 日）

注：①泗：指泗阳。②下相：宿迁的古称谓。③九川：九州的大河，此代指九州。九州，中国的古称谓。④霏（fēi）烟：飘飞的云雾。指 1984 年（甲子年）季春来当时的宿迁县参加教师脱产进修入学考试，如同飘飞的云雾，匆匆地来，匆匆地回。⑤注雨：大雨、暴雨。⑥蹊路：指小路。

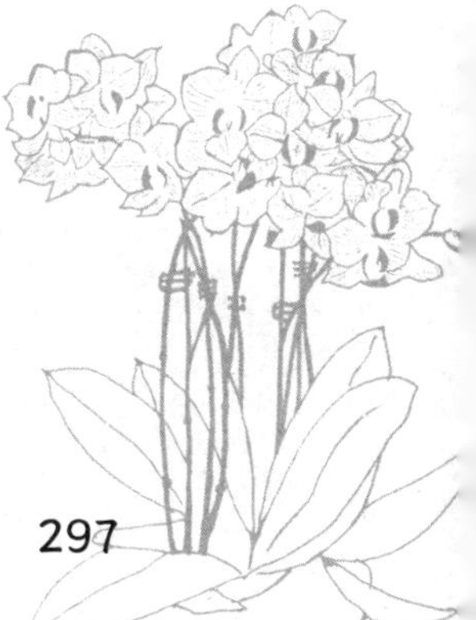

颂伯涵[1]

横溢才华冠[2]世雄，
云霄万里凌长风。
经纶满腹宏图展，
匡世济民气贯虹[3]。

（1997 年 3 月 15 日）

注：①伯涵：曾国藩的字。其为中国晚清战略家、理学家、文学家，湘军的创立者和统帅。②冠：超出众人。③气贯虹：即气贯长虹。意思是其精神直上高空，穿过彩虹。用来形容精神崇高，气概豪壮。

颂华西

（中华新韵）

华西金塔[①]望春野，
独秀于林芳自流。
别墅千家共富裕，
公司百户俱增收。
长廊横纵通村外，
才俊辈出争上游。
美丽乡村宏伟景，
潮推浪涌傲神州。

（1998 年 1 月 13 日）

注：①金塔：这是华西村标志性建筑，曾被誉为“天下第一塔”。外观古朴呈方形，楼内则是现代装饰且显得宽敞大气。金塔建在乡村田野上显得特别高，也特别耀眼。

感于九香[1]厚重的母恩

狂风暴雪飞横祸，
倒塌草房侥幸存。
岁月艰辛自饮泪，
时光孤寂寡辞言[2]。
生活无奈苦挣扎，
命运悲摧[3]未顿沦[4]。
伟大母亲恩厚重，
劬劳[5]无怨尽霜痕[6]。

（1998 年 1 月 24 日）

注：①九香：电影《九香》中的主人公，生活在东北农村。一次雪灾她失去丈夫，从此带着五个幸存的孩子艰难地生活。②辞言：言辞。③悲摧：表示不称意，不顺心。④顿沦：因生活困顿而对生活失去信心。⑤劬劳：劳累。指为了生存，经历了重重劳苦。⑥霜痕：指秋天的霜冻痕迹，比喻岁月的痕迹或者人生的经历。

扬州慢·千载名城

千载名城，繁华都市，兵家自古纷争。
盛汉朝文景，衰屡次用兵[1]。
鲍照咏吟《芜城赋》[2]，催人落泪，万种悲情。
至唐朝，杜牧吟诗，春丽风清。

烟消云散，尧章稼轩[3]叹无声。
纵江水东流、时光清冷，难断缠萦[4]。
二十四桥仍在，波心荡，游客盈盈。
想崭新时代，维扬欣悦向荣。

（1998 年 12 月 28 日）

注：①衰屡次用兵：吴王刘濞之乱被汉景帝镇压下去，却对广陵城破坏很大，从那以后，广陵城便衰落了。后又因数次战争被焚，被洗劫后的扬州一片萧条。②《芜城赋》：南朝文学家鲍照的赋作，为南朝抒情小赋中的名篇。芜城即广陵（今江苏扬州）。③尧章稼轩：尧章为姜夔的字，稼轩为辛弃疾的别号。姜夔作词《扬州慢·淮左名都》。辛弃疾曾写名句“四十三年，望中犹记，烽火扬州路”。两首词均伤今怀古，用情至深。④缠萦：缠绕。

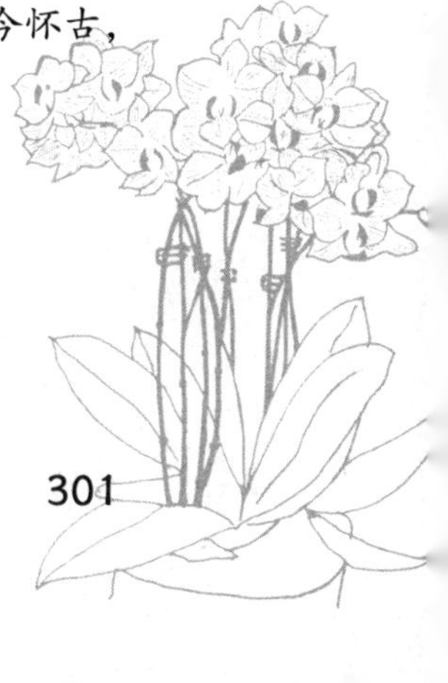

闲说沉默

窗前树谧伫[1]清空[2]，
一水枯荷任俊风[3]。
沉默闲思自惬意[4]，
品书幽兴[5]寡言[6]中。

（2003 年 2 月 27 日）

注：①伫：长时间站立。②清空：明朗的天空。③俊风：大风。④惬意：称心，满意。⑤幽兴：幽雅的兴味。⑥寡言：少言。凡夸夸其谈者皆不能静心以修养。唯沉默寡言者方能品书沉思，培养品性。

心有桃源

吟诗挥墨人酣醉，
宦海沉浮莫问谁。
探①问陶公尚健否②？
桃源③作客知何时。

（2004 年 11 月 3 日）

注：①探：打听。②健否：即健康与否。③桃源：指桃花源。《桃花源记》描写了捕鱼人在村中作客情景：“黄发垂髫，并怡然自乐”。

虞美人·写影[1]

次韵《枕上》而作。

近来案牍[2]劳[3]何状？
点滴成波浪。
艰难跋涉待天明，
此刻挑灯夜战望繁星。

穿梭日月心难烬[4]，
仍是忙人影。
一腔热血岂空流？
对此不能弛怠[5]问来由[6]。

（2004 年 11 月 17 日）

注：①写影：真实的反映、写照。②案牍：意思为公事文书。③劳：辛劳、劳苦。④烬：物体燃烧后剩下的东西，此有熄灭的意思。⑤弛怠：懈怠。⑥来由：原因和缘故。

赞沙华[1]

长江波撼张家港，
华夏富腴[2]鱼米乡。
钢厂[3]并雄[4]华尔润，
非凡实力俱名扬。

（2004 年 11 月 20 日）

注：①沙华：此指张家港的沙钢集团和华尔润玻璃产业有限公司。②富腴：富裕丰足。③钢厂：此指沙钢。④并雄：并驾齐驱的意思。

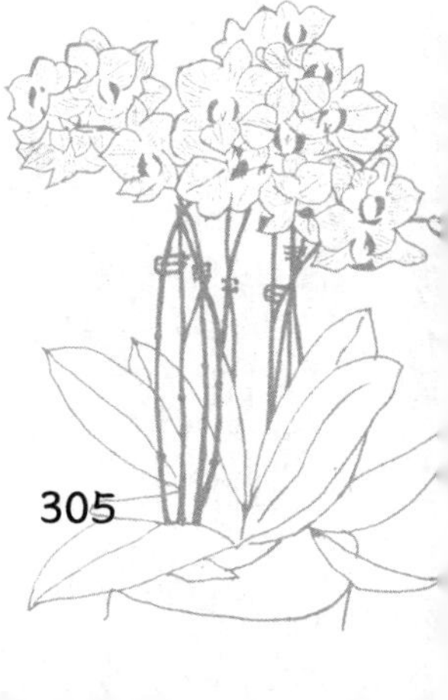

吟东坡谪[1]居黄州

元丰谪贬长跋涉，
苦雨凄风少暖春。
困匮[2]艰辛何旷迈[3]？
佳篇[4]神韵久传存。

（2004 年 12 月 3 日）

注：①谪：封建时代特指官吏降职，调往外地。乌台诗案之后，苏轼被贬到黄州（今湖北黄冈）。元丰三年（1080 年）的大年初一，苏轼和长子苏迈在御史台差人押解的情况下从京城出发，经过一个多月的长途跋涉才到达黄州。②困匮：贫乏、贫困。③旷迈：旷放豪迈。④佳篇：指苏东坡在黄州时写了很多脍炙人口的诗词，其中包括《念奴娇·赤壁怀古》《定风波·莫听穿林打叶声》《卜算子·黄州定慧院寓居作》等。

砥砺前行

（中华新韵）

人生尚未近夕照①，
砥砺前行皆是春。
时代昂扬风正劲，
慨慷②激越逐星辰③。

（2005 年 1 月 21 日）

注：①夕照：傍晚的太阳，此比喻人生的晚年阶段。②慨慷：情绪激昂。③逐星辰：追求美好的理想。表达崇高的追求和志向。

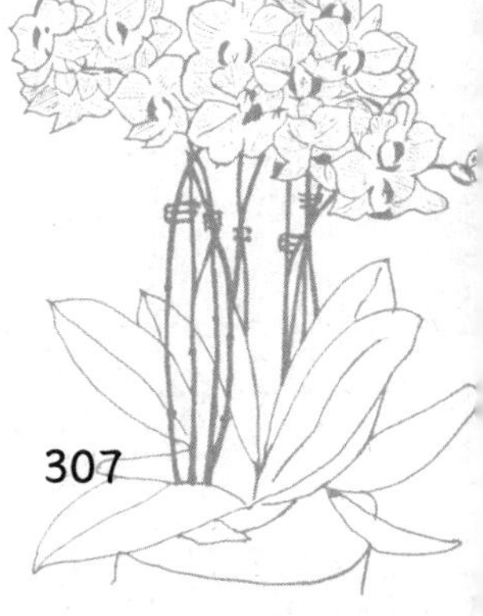

叹汉武大帝

（中华新韵）

一代英豪青史照，
暮年可叹雄韬[1]无。
举兵出塞收河套[2]，
率将灭羌扩版图[3]。
听信谄谀[4]乱政事，
疏离忠毅[5]少元夫[6]。
年高莫恋未央[7]位，
违逆法则国运殊。

（2005 年 1 月 29 日）

注：①雄韬：大略。此句指汉武帝晚年糊涂无大略，其症结在于宠信方士，信奉巫术，又兼刚愎自用，暴戾恣睢。②收河套：自元光六年（公元前 129 年）以来，卫青等将领连年出塞，大破匈奴，收复河套地区，建筑朔方城，使汉朝在对匈奴斗争中逐渐居于主动地位。③灭羌扩版图：指元鼎五年（公元前 114 年），发兵消灭南越，设置南海等九郡。④谄谀（chán yú）：谄媚阿谀（的人）。⑤忠毅：此指忠正刚毅的人。⑥元夫：指善士。⑦未央：指未央宫，是西汉政治中心和国家象征。

流水人生

桐叶凋疏[1]落水湾，
秋光缱绻[2]意阑珊[3]。
激扬岁月成追忆，
流水人生独倚栏。

（2005 年 11 月 11 日）

注：①凋疏：零落稀疏。②缱绻（qiǎn quǎn）：缠绵而不相离。③阑珊：将尽的意思。此指意兴索然。

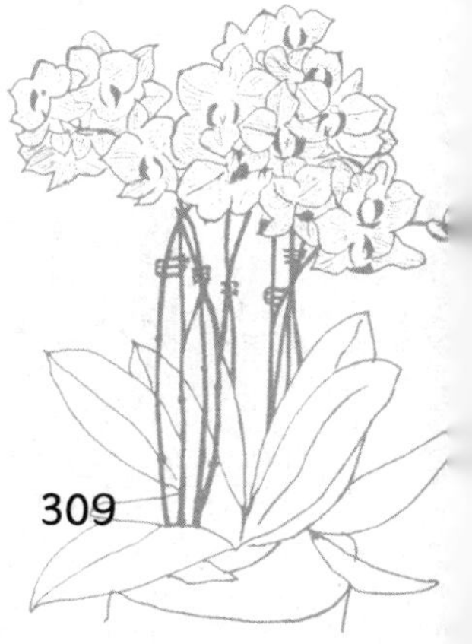

气节赞

（中华新韵）

操守坚持生死弃，
气节无价汗青①留。
振铎②乾若③报国事，
志士仁人皆俊流④。

（2005 年 11 月 18 日）

注：①汗青：指古人在竹简上书写文字，此指史册。②振铎：即郑振铎，中国现代杰出的爱国主义者和社会活动家、作家、诗人、学者、文学评论家、文学史家、翻译家、艺术史家、收藏家、训诂家。在抗战期间，冒着危险为国家抢救珍贵文献，备尝辛苦。③乾若：指张国淦，是鲁迅先生的老朋友，曾任鲁迅先生的上司。三次严拒教育总督伪职，并力劝吴佩孚等人不任伪职，收效。张先生说：“此十四年艰苦，本是做人分内的事。”④俊流：杰出的一类人物。

自古功成多磨难

（中华新韵）

奋斗征途路漫漫，
不经磨难事难成。
品格锤炼为根蒂①，
历尽千辛是锦程。

（2006 年 1 月 31 日）

注：①根蒂：指事物发展的根本或初始点。

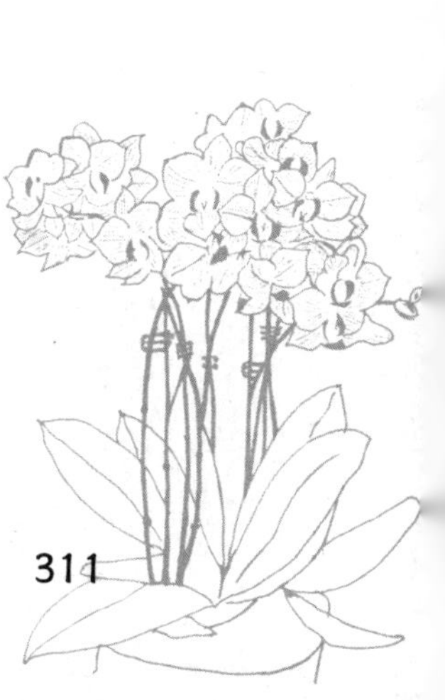

滑草感验

登高俯察满坡草，
青翠无边中有槽①。
坐桶②俯冲任险厄③，
风驰电掣谁英豪？

（2006 年 10 月 4 日）

注：①槽：指在无边的草地上挖的一条一条凹槽。②坐桶：指人坐正在一个特别安排的桶中，然后由上向下冲滑。③险厄：指危险的处境。

途经唐山赋笔①

（中华新韵）

惊天一震②三十载，
余悸犹存动地哀。
重铸唐山黎首③愿，
今朝新貌喜颜开。

（2006 年 10 月 6 日）

注：①赋笔：写诗用的笔。②震：地震。此指 1976 年 7 月唐山 7.8 级强地震，造成 24 万多人死亡，损失惨重。③黎首：指黎民百姓。

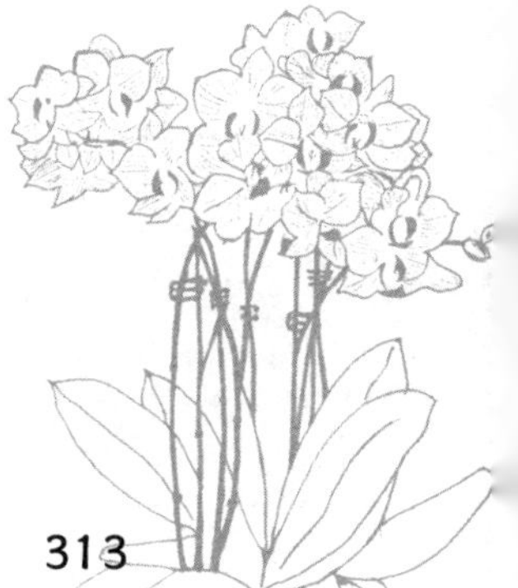

观北京奥运会开幕大典

（古风）

世界同庆日，北京奥运时。
展我大国范，飘我中华旗。
五星红旗曲，壮哉任骋驰。
开幕场面阔[①]，文明五千期。
造纸与活字，蕴深亦豪奇[②]。
笔墨琴画砚，太极藏玄机。[③]
太空遨游去，神七探未知。
烟花尽绽放，鸟巢展新姿。

（2008 年 8 月 10 日）

注：①阔：壮阔。此指开幕式的场面十分壮阔。②豪奇：豪，指场景豪迈；奇，指表演技艺奇妙。③“笔墨”句：指表演充分展现了中华民族五千年灿烂文化。

闲说名胜古迹

汉唐名胜①人文事，
风雨沧桑情自然。
斧凿景观少气韵，
流连深巷忆千年。

（2008 年 9 月 10 日）

注：①汉唐名胜：此指历史名胜。

一往无前可楚雄

（中华新韵）

昨夜星辰昨夜风，
往昔如梦落长空。
人生漫漫纵[1]风雨，
一往无前可楚雄[2]。

（2008 年 10 月 12 日）

注：①纵：连词。相当于“纵然”“即使”。②楚雄：指项羽。此句强调要像项羽那样勇猛而一往无前。

给黄元申[1]

当年驰骋银屏[2]中，
多少男儿习武功。
万里长城[3]声不断，
汝何削发[4]尘缘空[5]？

（2008 年 12 月 17 日）

注：①黄元申：电视连续剧《霍元甲》霍元甲饰演者。②银屏：此指电视屏幕。③万里长城：此指《霍元甲》主题歌《万里长城永不倒》。④削发：指出家当和尚。⑤尘缘：指世俗的关系。尘缘空：即断绝尘缘。

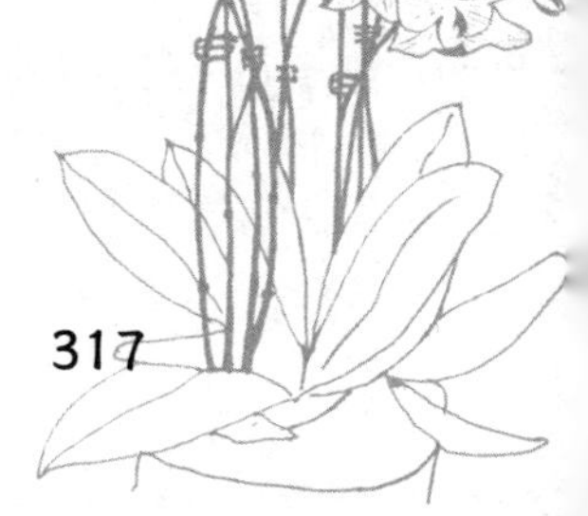

贵在自省

（中华新韵）

缭绕烟云千万事，
履职理应守初心。
慎修①风品②当三省③，
恬淡人生流水音。

（2009 年 2 月 7 日）

注：①慎修：谨慎修行。②风品：品行。③三省：察省，反复检点自己的品德行为。

由“小沈阳”想到的

长江后浪推前浪，
辈出新人足可欣①。
莫道从前无限好，
人生撇捺在恒勤②。

（2009年2月8日）

注：①足可欣：很值得高兴的事。②恒勤：即持之以恒、坚定不移地努力。

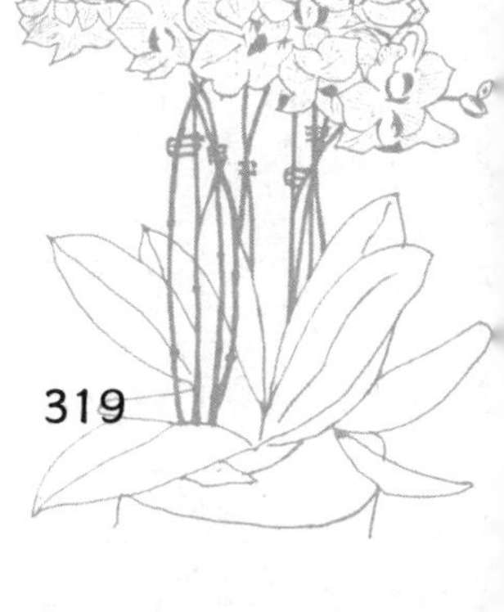

忙碌时光

夙兴①伏案万般事，
流水光阴又晚风。
夜幕低垂难小憩，
案前灯烛入星空。

（2009 年 3 月 27 日）

注：①夙兴：早起。

为卖水果者写生

（中华新韵）

初秋湿热[①]雨缤纷，
街市萧条少路人。
道侧果摊支硕[②]伞，
树旁妇幼盼人询[③]。
利薄无奈长相守，
雨骤如泼含苦辛。
凝望无思期[④]雨住，
但求天宇[⑤]祐生民[⑥]。

（2009 年 8 月 27 日）

注：①湿热：潮湿闷热。②硕：大。③询：询问。此处指问价购买。时途经宿豫区一街道十字路口，见一水果摊仍在雨中停放着。老妇拉着小孩守着摊子，祈望着有客购买。④期：期盼。⑤天宇：天空。⑥生民：民众、大众。

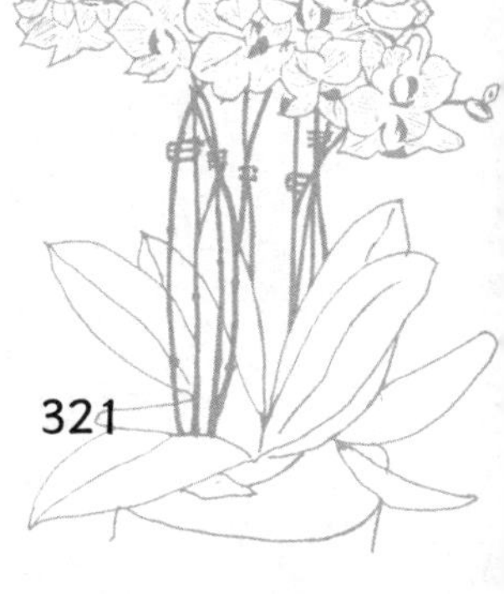

步行梧桐巷慨叹①岁月如水

岁月奔腾②逐③逝水，
刀光剑影逞豪雄。
风云历史如席卷，
空立千椽④小巷中。

（2009 年 8 月 30 日）

注：①慨叹：有所感触而叹息。②奔荡：奔腾激荡。③逐：追逐。④椽（chuán）：椽子，指架在檩子上承接屋面和瓦片的长条形木料，此借指房屋。

读《说岳全传》

乱世为贼寇，
称雄几幸存？
唯存报国志，
万世彪[①]乾坤。

（2010 年 1 月 23 日）

注：①彪：文采鲜明，此意为彰显。

观柔术晨练

拉伸弯曲环旋身，
训练点滴皆苦辛。
冬去夏来不辍止①，
不经磨砺何熙春②？

（2010 年 9 月 8 日）

注：①辍止：中止。②熙春：指明媚、美好的春天。喻美好的未来。

给奋斗者

（中华新韵）

风霜雨雪春秋去，
日月星辰冬夏来。
励志人生方有魄，
孜孜[①]奋斗可英才[②]。

（2010 年 9 月 13 日）

注：①孜孜：勤勉，不懈怠。②英才：才能超群的人。

叹咏唐明皇

（中华新韵）

开元盛世繁华景，
瑰丽江山起夕烟，
奸相①骄专②疏政事③，
玉环狐媚乱朝权④。
渔阳鼙鼓安史乱⑤，
岷蜀⑥晓钟使院⑦眠。
有始无终今古恨，
悲风万里越千年。

（2010 年 11 月 28 日）

注：①奸相：指李林甫。②骄专：骄矜专制。③疏政事：此时唐明皇罢去良相张九龄，继而用奸相李林甫，且疏于政事。此后再无人谏言以劝，朝政每况愈下。疏：荒疏。④朝权：朝政大权。⑤安史乱：即安史之乱。⑥岷蜀：此指成都。⑦使院：天宝十五年（756 年），唐明皇因安史之乱，长途跋涉 46 天到达成都，居住在前剑南节都使的一座使院。是时，太子李亨即位，唐明皇长达 44 年的统治告终。

给青春年代

（中华新韵）

时代发展育天骄[1]，
岁月铿锵[2]逐浪潮。
活力年华风雨过，
青春难忘几逍遥[3]。

（2010 年 11 月 29 日）

注：①天骄：天之骄子。此指社会中成功人士。②铿锵：声音和谐响亮。岁月铿锵，此指人们感觉时光如梭并充满着有力而坚定的节奏。用以形容岁月的力量与变化。③逍遥：自由自在而充满活力，无拘无束放飞自我。此不仅仅是单纯的追求快乐和满足自己的欲望，更体现了年轻人积极向上、追求自我价值的精神。

咏陈平[1]

四朝元老多谋略，
感佩[2]雄才曲逆侯[3]。
养晦韬光[4]铲外戚，
寿终正寝[5]传千秋。

（2010 年 12 月 2 日）

注：①陈平：为西汉开国功臣之一，足智多谋。一生历经四朝，躲过两次残酷的宫廷血洗，挑头发动了一次政变，却被所历四朝皇帝赞许。陈平有三大法宝，即追求实用、精于脱险、处事有度。②感佩：感叹佩服。③曲逆侯：指陈平。因功先后受封为户牖侯和曲逆侯。④养晦韬光：比喻隐藏才能，不使外露。在吕后执政的时候，陈平韬光养晦，从不对吕后说不，也是深得吕后之意。吕后去世后，蛰伏已久的陈平当机立断，和周勃一起，联合刘氏皇族力量，一举铲除了外戚吕氏势力，把江山又交回到刘氏皇族手中。⑤寿终正寝：年纪很大才死。陈平因病去世，得了善终，谥号为献侯。

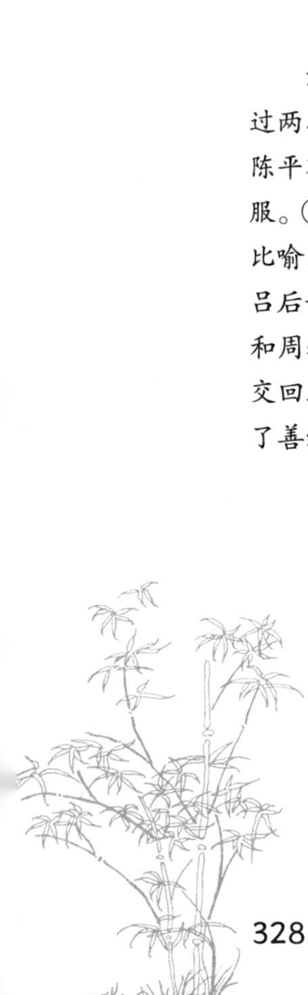

答洛阳访客

（中华新韵）

昨日繁华昌盛地，
今非豪贵①丰实②乡。
古都③访客话发展，
鼎力改革能富强。

（2010 年 12 月 4 日）

注：①豪贵：指所处地位显赫。②丰实：丰裕殷实。③古都：此指洛阳。洛阳居天下之中，有 5000 多年文明史、4000 多年城市史、1500 多年建都史。洛阳是华夏文明的发祥地之一、隋唐大运河的中心，历史上先后有十几个王朝在此建都，是我国建都最早、历时最长、朝代最多的城市。

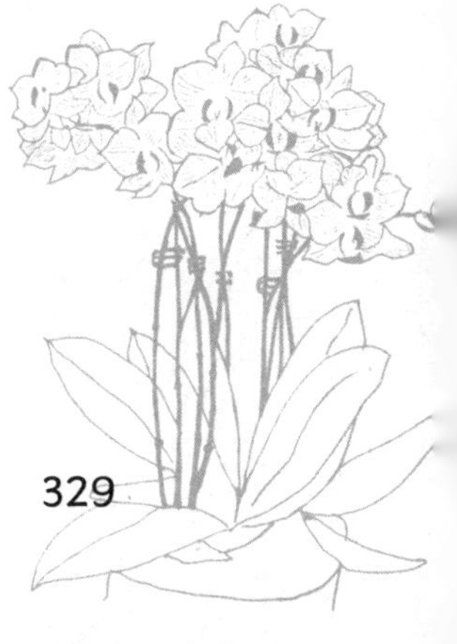

咏项羽

项王故里[1]皆游客，
景慕[2]英雄四处来。
手植槐[3]前飘万绪，
梧桐巷里思丛台[4]。
平生勇毅[5]谁堪比？
一世盛名籍[6]俊才[7]。
扛鼎拔山气盖世，
乌江遗恨终可哀[8]。

（2012 年 10 月 25 日）

注：①项王故里：坐落于江苏省宿迁市宿城区梧桐巷，在古黄河与京杭大运河之间、徐淮路东侧，又称为“梧桐巷”，是项羽的出生地。②景慕：景仰；仰慕。③手植槐：相传是项羽亲手所植的槐树，树龄约 2200 年。原有 10 多米高，现在只能看到 5 米高的树冠。④丛台：项羽灭秦后自立为西楚霸王，定都彭城，于南山上构筑丛台，以观戏马、演武和阅兵等，何等豪迈壮观。⑤勇毅：勇敢，坚毅。⑥籍：项羽的名。⑦俊才：才智出众。⑧可哀：指令人悲痛，叹惜。

莫贪想

春花秋月转星辰，
利禄功名皆路尘[①]。
尽职尽责本分事，
奉公克己正[②]精神。

（2013 年 3 月 11 日）

注：①路尘：道路上飞扬的灰尘。②正：端正。

有感跌宕起伏中安心恬荡①

（中华新韵）

读吴先生之人生变化，而其心又如此之平淡，感之。

半生风雨半云烟，
跌宕起伏几变迁？
不恋高层②回故所③，
重归旧业逐流年④。

（2014 年 12 月 29 日）

注：①恬荡：淡泊坦荡。安心恬荡，指心情平静，不求名利。②不恋高层：意思指 1977 年 9 月吴辞去高官。③故所：指吴曾经工作过的咸阳市某工厂。④流年：指光阴、岁月。

颂运河灯塔

静守时光任雨骤①，
一河指引悄无声。
岿然不动立千古，
流水茫茫入九星。

（2016年11月26日）

注：①骤：疾速。

为事业奋斗春开两枝

（中华新韵）

巡察信用两相顾①，
晨起晚归不爱②身。
匆遽③时逾天命④日，
一生事业两枝春。

（2017 年 1 月 6 日）

注：①相顾：互相照应。此指巡察与社会信用体系建设工作两者兼顾。②爱：爱惜。③匆遽（jù）：匆促。④天命：即天命之年，指五十岁。

为中华诗词大会题笔

历时千古相传唱，
瑰丽诗词一脉连[①]。
驰骋古今多俊秀[②]，
纵横南北尽才贤。
万千景色字多少，
无限情思韵几弦？
今我中华锦绣色，
诗词大会展新篇。

（2017年2月8日）

注：①连：连接。②俊秀：指才智杰出的人。

韶华[1]难留

韶华无意终难留，
料峭春寒[2]淮水流。
庭树[3]又将花绽放，
感时怀旧几春秋。

（2017 年 3 月 1 日）

注：①韶华：指美好的时光、美好的年华。②料峭春寒：形容初春的寒冷。③庭树：栽在庭院里的树木。

记“三进三帮”[①]

三进三帮向仝李[②]，
春风拂面乡村新。
农人不歇田间事，
问看村民几苦辛[③]？

（2017年3月4日）

注：①三进三帮：为推进当地农民脱贫致富的一项具体措施。②仝李：指宿城区王官集镇仝李村。③苦辛：即辛苦。

赴山东考察感慨岁月匆匆

仲冬①再步山东地，
岁月匆匆缕缕痕②。
依旧胶东③锦绣色，
人生何处不牵魂。

（2017 年 12 月 11 日）

注：①仲冬：农历十一月。②痕：痕迹。此句意思是笔者于七八年前围绕企业做强做大课题多次牵头组织到山东枣庄、日照、济宁、荷泽等地学习考察。③胶东：此指维坊、烟台、荣城、青岛等地。去四地主要学习考察社会信用体系建设情况。

观 1956 年春节大联欢感思[1]

1956 年春节联欢会是我国首届春节晚会，汇聚了著名艺术家及工商界人士。晚会形式简洁、气氛热烈，已成经典。

当年春晚成经典，
荟萃[2]精英皆卓殊[3]。
岁月泛黄人散去，
而今追忆眷[4]从初[5]。

（2018 年 2 月 18 日）

注：①感思：思念，怀念。②荟萃：本指草木丛生的样子，后喻优秀的人物或精美的东西汇集、聚集。③卓殊：卓越。④眷：顾念。⑤从初：当初。

淡泊读书无尽时

岁月匆匆人易老，
沧桑历尽须清思[①]。
修身养性寻幽处，
淡泊读书[②]无尽时。

（2018 年 4 月 9 日）

注：①清思：清静地思考。②淡泊读书：其含义是淡泊心宁静，读书可致远。

观何香凝美术馆①有感

叱咤风云革命事，
同盟先辈志安②休？
激情写意③松梅景，
俊杰④巾裙⑤载万秋⑥。

（2018 年 7 月 26 日）

注：①何香凝美术馆：建在深圳，是中国第一个以个人名字命名的国家级美术馆。②安：怎么。表示反问。③写意：中国画的一种画法。不求工细形似，只求以精练之笔勾勒景物的神态，抒发作者的情趣。此句意思指何香凝常借松、梅、山川、虎等意象，抒其心中斗争激情和浩然正气。④俊杰：豪杰。⑤巾裙：代指妇女，此指何香凝女士。⑥万秋：即千秋万代。

听电视剧《康熙王朝》主题音乐感伤而作

草原茫茫，历史苍苍。
北方未平，岁月仓皇[1]。
坎坷大业，清皇[2]忧伤。
琴弦声起，幽怨悠扬。
跌宕伏起，缠绵绕梁。
人生蹇舛[3]，慨之惆怅。
感我心扉，荡气回肠。
沧桑点点，久久悲凉。

（2018 年 9 月 25 日）

注：①仓皇：匆忙的样子。②清皇：此指康熙大帝。③蹇舛（jiǎn chuǎn）：命运困厄乖舛。

听电视连续剧《星火云雾街》①主题歌感怀

（中华新韵）

空灵②轻曼③远山音，
幽绪④绵长动客心。
人世沧桑无限事，
感格⑤落笔话时今⑥。

（2019 年 1 月 15 日）

注：①星火云雾街：讲述了 1920 至 1935 年间卢家二少爷卢人杰跌宕起伏的人生。歌词内容：“云儿开，风悄悄来；你轻轻来，暖我胸怀……”②空灵：指灵活而无法捉摸。③轻曼：慢而温柔、轻而和谐。④幽绪：郁结于心的深切连绵的思绪。⑤感格：谓感于此而达于彼。⑥时今：今时，眼下。

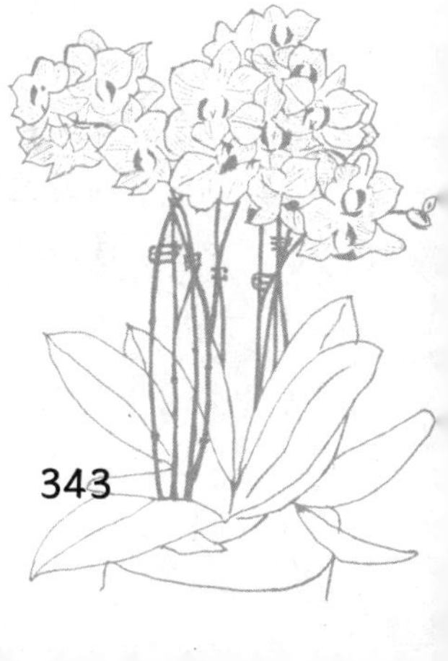

江城子·追忆沈浩[1]

当年驻队勇担当，
路延长[2]，引八方[3]。
多种经营，事业创辉煌。
届满村民红印按，
复留下[4]，更轩昂[5]。

家庭放弃少还乡，
重民生，劳劬[6]殇[7]。
不惑之年，离去太匆忙。
伟大精神明月照，
观今日，梦飞翔。

（2019 年 4 月 20 日）

注：①沈浩：别名沈明月，2009 年 11 月因过度劳累心脏病发作去世。②路延长：此指沈浩为村里修建公路，引通小岗村到合肥长途线路和小岗村京沪铁路快速通道。③引八方：即引进八方资源，此指沈浩为小岗村累计引进投资近 30 亿元。④复留下：指沈浩第一个任期将满时，小岗村党员、干部、群众写了联名申请书，以挽留沈浩。⑤轩昂：形容精神饱满、气度不凡。⑥劳劬（qú）：劳苦、劳累。⑦殇：此指早亡，沈浩去世时，年仅 45 岁。

为唐诗讲座备课偶得

研论①唐诗习旧课，
叹为观止皆华章②。
远山淡淡风情画，
风雪茫茫边塞霜。③
李杜文章百口诵，
唐诗宋句万年芳④。
群星荟萃宋唐⑤事，
唯有才英⑥后世扬。

（2019 年 5 月 16 日）

注：①研论：研究讨论。②华章：华美的辞章。③三四句指唐诗中的不同风格流派。④芳：指诗中散发出的芬芳。⑤宋唐：此代指历史。⑥才英：才华杰出的文人。

人生如棋

（中华新韵）

车行直线马斜踏，
炮打格子象走田。
对阵楚河方寸地，
冲杀汉界暮云①天。
格局大小定胜负，
眼界高低分山川。
博弈人生须谨慎，
深思致远方为先。

（2019 年 8 月 26 日）

注：①暮云：黄昏的云。此处指对阵冲杀昏天黑地。

清平乐·焦陵[1]前的追思

碱沙一片，
更涝灾流遍[2]。
彻夜难眠风雨战，
牢记人民期盼。

忍容[3]病痛无休，
为民日日解忧。
治碱封沙排涝，
焦公风范长留。

（2020 年 9 月 19 日）

注：①焦陵：指焦裕禄同志的陵园。②遍：遍及。③忍容：即容忍。

追忆嘉庚足迹

（中华新韵）

南洋奋斗创鸿业[1]，
眷爱[2]故国一世情。
接济同盟[3]不惜力[4]，
支援抗战敢斗争[5]。
创兴厦大[6]培学子，
规建[7]学村[8]育俊英。
惠润万民扬[9]鹭岛[10]，
德高望重史留名。

（2020 年 10 月 29 日）

注：①鸿业：大业。此指陈嘉庚在南洋建立了橡胶制品厂、制药厂、机器锯木厂、凤梨制罐厂，等等，规模宏大，被称为橡胶大王。②眷爱：爱念。③同盟：指同盟会。④惜力：不舍得耗费力气。⑤斗争：此指 1937 年 8 月 15 日，陈嘉庚发起成立“马来亚新加坡华侨筹赈祖国伤兵难民大会委员会”，捐募新加坡币 1000 万元，支援祖国抗日战争。⑥厦大：指厦门大学。⑦规建：规划建设。⑧学村：即集美学村。1913 年，陈嘉庚回到家乡集美，先后创办了集美小学、集美中学、集美大学和厦门大学。⑨扬：传播。⑩鹭岛：厦门的别称。

观《狼牙关》感议

唐天宝年间，驻守在狼牙关的五名边卒，生死相依，历尽万苦千辛，用鲜血和生命护卫着丝绸之路的畅通无阻。

万里飞沙荒古①地，
烟尘边塞刀光寒。
狼牙关隘②悲忠士③，
守我唐门畅④远藩⑤。

（2021 年 6 月 5 日）

注：①荒古：远古。②关隘：险要的关口。③忠士：忠义之士。④畅：畅通。⑤远藩：指远方的藩国藩镇。

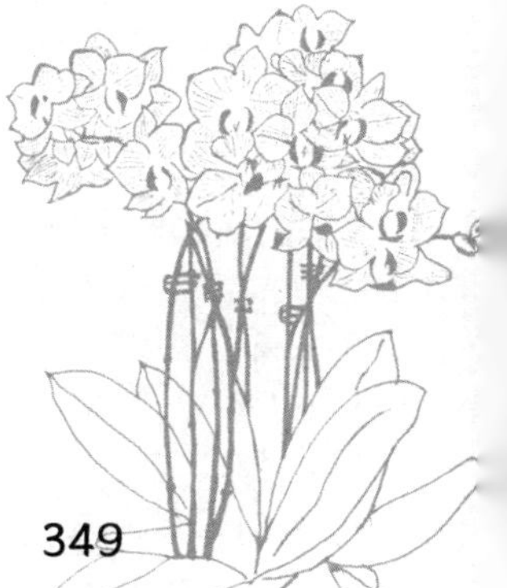

仰曾公感其境界涵养而作

（中华新韵）

赴难报国功盖世，
德才兼备第一流。
资质愚钝肯勤奋，
家境寻常不躁浮①。
不惰不骄常自省，
大识大智重清修②。
一生勤勉为师表，
后世楷模文正③留。

（2021 年 10 月 16 日）

注：①躁浮：即浮躁，不沉稳。②清修：清静修炼个人的道德，谓操行洁美。③文正：为曾国藩的谥号。寓意为才华横溢、清正廉明、正气凛然等。

观乒乓球训练

你挡我推谁示弱？
短挑长吊皆高招。
不经冬夏苦中练，
岂可①精技②搏浪潮？

（2021 年 11 月 2 日）

注：①岂可：怎么可以。②精技：精通技术（技能）。

赞涤生[1]

近日，听了《曾国藩传》，方知不经磨难，何知艰险？无有胸怀，何以成事？不作勤奋，何能成器？故曾国藩超群绝伦而成为一代名臣，名垂千古。

人杰[2]乱世横空出，
历尽艰辛擎大旗[3]。
平定祸尤[4]知让退[5]，
难防时变避玄机[6]。
一生谨慎范[7]诸葛[8]，
半世功名盖子仪[9]。
旷古圣才永不朽，
操德[10]至上可为师。

（2022 年 1 月 30 日）

注：①涤生：曾国藩的号。②人杰：才智杰出的人。③擎大旗：指组建湘军。擎：举。④祸尤：祸患。⑤让退：礼让谦退。⑥玄机：神妙的机宜，亦指阴谋。⑦范：以……为典范、楷模。⑧诸葛：指诸葛亮。⑨子仪：指郭子仪。⑩操德：道德情操。

观冬奥会开幕式感颂

双喜中华百姓悦，
世人瞩目齐欢声。
五环旗展北京荟[1]，
圣火光昌[2]华夏荣。
精彩绝伦谁胜比[3]？
匠心独运我扬名。
立春开幕多吉事，
面向未来逐梦行。

（2022 年 2 月 5 日）

注：①荟：汇集。②光昌：显扬昌盛。③胜比：比得上。

赞北京冬奥会

（中华新韵）

第二十四届冬奥会于2022年2月4日至20日在北京举行，举国欢庆，光耀世界，堪称无与伦比。

寰球[1]瞩目普天庆，
冰雪之约涿郡[2]城。
短道速滑如燕展，
雪车冲刺似飙行[3]。
瞬间精彩展实力，
气势非凡耀美名。
梦幻雪花[4]共隽美[5]，
五环同谱和平声。

（2022年2月22日）

注：①寰球：环球，整个地球，世界各地。②涿郡：北京古称谓。③飙行：形容车辆疾速行驶。④雪花：指冬奥会上的“雪花”没有一片是相同的，每一片“雪花”都展现出简洁、空灵、浪漫的冰雪之美。设计者将中国人对“和而不同、美美与共”的理解融到了“雪花”设计之中。⑤隽美：优美。

观华夏孝善博物馆

历代圣贤皆可敬，
古来[1]华夏孝为先。
勤学经[2]史明文理[3]，
常记铭言[4]担铁肩。
立本才能端品质，
守仁[5]方可振坤乾[6]。
孩童须记孝中义，
大孝为民可柱天[7]。

（2022 年 7 月 13 日）

注：①古来：自古以来。②经：此指《孝经》《三字经》等。③文理：即礼仪。④铭言：铭，指《座右铭》；言，指《朱子治家格言》等。⑤仁：对人亲善，仁爱。⑥坤乾：即乾坤，此指国家、局势等。⑦柱天：撑天。

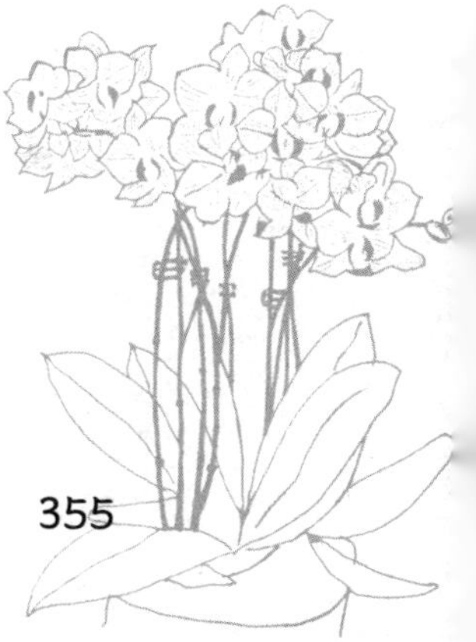

赞重庆山火扑救消防队员

八月，重庆缙云山森林着火，火势绵延几个山头，来势汹汹。渝民积极投入抗灾之中。云贵川等地的消防队员紧急救援，仅用八天时间全部扑灭，最大限度地保护了国家和人民财产。

人民利益大于天，
无限忠诚重任肩。
一处有灾急救助，
风驰电掣皆无前。
义无反顾冲山顶，
力倦神疲枕路边①。
猖獗火势八日灭，
凯旋归去赋新篇。

（2022 年 8 月 30 日）

注：①枕路边：指消防队员因奋战四天四夜连续救火而极其疲惫，火被扑灭后倒在草丛里便睡着了。

秋日居家省身思进

甲子光阴几[1]枉度，
人生回看思无眠。
染毫[2]未见半方墨，
琢句没刊半纸篇。
早岁雄心多壮志，
盛年惰气少恒弦[3]。
今逢秋爽风窗静，
掩抑悔惭[4]再振鞭[5]。

（2022 年 9 月 4 日）

注：①几：相当于接近、差不多。②染毫：意思是濡墨挥笔，此指书法。③恒弦：恒心。④悔惭：愧恨惭愧。⑤振鞭：即扬鞭（赶车），此意为振奋精神。

给雷锋[①]

（中华新韵）

阳光三月春风暖，
奉献无私乐助人。
小事平凡呈大爱，
精神伟大凝心魂。
平实朴素守元本[②]，
刻苦学习惜日辰[③]。
忠于人民忠于党，
崇高品质育新人。

（2023 年 3 月 10 日）

注：①雷锋：原句雷正兴，出生于湖南长沙，1962 年因公去世。②元本：根本。③日辰：时表、日子、时光。

仓小[1]学生心理健康关爱纪行

（中华新韵）

关怀成长仓集行，
普法疗心[2]育稚莺。
聘请专家[3]抓指导，
挂牌基地[4]联真情。
调查摸底筛情况，
讲课分堂列教程。[5]
精准诊疗怜花朵[6]，
防微杜渐护长成。

（2023 年 3 月 10 日）

注：①仓小：指宿迁市洋河新区仓集小学。②疗心：即治疗学生心理障碍，维护学生心理健康。③聘请专家：此指邀请国家二级心理辅导师丁云主任为仓集小学学生心理健康教育工作顾问。④挂牌基地：此指挂牌“宿迁市关爱工作团心理健康教育实践基地”。⑤五六两句是指每学年对五六年级进行一次心理筛查，并分学生、教师、学生家长三类进行授课指导。⑥花朵：此指少年儿童。

“五老”颂

（中华新韵）

归老[1]依然事业在，
关心后代育英才。
三观[2]教育引方向，
文化传承启未来。
浇水施肥勤护育[3]，
剪枝修叶厚培栽[4]。
务实求效传薪火[5]，
奉献无私花盛开。

（2023年3月16日）

注：①归老：终老的意思。②三观：指世界观、人生观、价值观。③护育：护理培育。④培栽：培养和造就。⑤薪火：火炬、火把。

再见连环画

4月12日去泰州姜堰区天目山街道观摩时获赠一本《高凤英》（高凤英为苏中杰出女英雄）连环画，甚悦，忽回想起童年往事。

半片小书[1]大世界，
读图明意始开蒙[2]。
英雄形象时[3]模仿，
神话奇人亦仰崇[4]。
善恶是非皆辨认，
乾坤道义已存胸。
万分珍爱常翻阅，
受益百年童趣中。

（2023年4月12日）

注：①小书：即连环画。②开蒙：儿童开始识字或学习。③时：时常。④仰崇：崇敬、仰慕。

太极悟

健体强身习太极，
一招一式一乾坤。
凝神静气意玄妙①，
心自超然无印痕②。

（2023 年 4 月 13 日）

注：①玄妙：形容复杂深奥，难以捉摸。②印痕：痕迹。

参加老同志书画培训班欣然随笔

临帖描摹十数载，
随心率性少碑形①。
入班静习名师语，
落墨细研临书帖。
隶楷草行各体韵②，
柳颜欧赵皆驰名③。
每天一字当须记，
不懈坚持终④范型⑤。

（2023 年 4 月 29 日）

注：①碑形：此指书法艺术中碑帖的样子。碑：碑刻。②体韵：体态韵致。③驰名：指名声传得很远。④终：最终。⑤范型：典型、范例，使合乎某种模式。

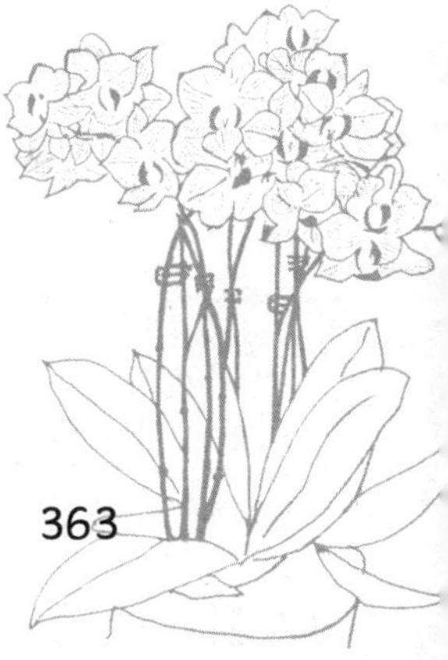

定风波·读书让人生更精彩

少小懵懂进学堂，
韶年[1]偏爱尺书[2]香。
诵读经书吟古韵，
强奋[3]，
半生勤苦[4]倍芬芳。

细读浅学三十载，
未怠，
知书明理习云章[5]。
花甲励学无止境，
心定[6]，
万千精彩梦飞翔。

（2023 年 5 月 1 日）

注：①韶年：即七岁。②尺书：书籍。③强奋：自强奋发。④勤苦：勤奋努力，不怕吃苦。⑤云章：指文采斐然的文章。⑥心定：内心安定。

观老同志迎新春风采展赋诗

人生风雨皆阅尽，
暮老①聊②发年少狂。
才艺③百般今又见，
生机④不减当时人⑤。

（2024 年 1 月 11 日）

注：①暮老：指年老。②聊：姑且、暂且。③才艺：才能、技艺。此指跳舞、走秀、诗朗诵、独唱、对唱、合唱、书法、剪纸等才艺。④生机：生命的活力。⑤当时人：指这个时段的（年轻）人。

致咸材①大爱

（中华新韵）

创业艰难长苦辛，
稳平②壮大济③贫民。
帮扶关爱众孤困，
牵手抚惜④五类人⑤。
走访摸排细建档，
对接反馈常研询⑥。
心中无我送仁爱⑦，
善事万千皆暖春。

（2024 年 1 月 24 日）

注：①咸材：即周咸材，曾获“中国好人”称号。她创建了“宿迁市手牵手关爱儿童志愿服务中心”。十几年来，咸材每年都会拿出专项资金关爱弱势群体，助残救灾、扶贫济困、捐助失学儿童、关爱孤寡老人、情暖环卫工人、温暖自闭症儿童等，累计达上百万元人民币。②稳平：平稳。③济：救助。④抚惜：抚爱怜惜。⑤五类人：指关爱的五类对象，包括孤儿、事实孤儿、精神病家庭儿童、服刑人员家庭儿童、大病患者家庭儿童。⑥研询：此指仔细询问，多次互动，建立感情。⑦仁爱：宽仁慈爱。

贺扬子江文学驿站在宿授牌

巳月[1]风清草木荣，
晚晴学社舒形容[2]。
文学驿站新传点[3]，
扬子江流古楚[4]中。

（2024 年 5 月 23 日）

注：①巳月：指农历四月。②舒形容：舒，舒展。形容，即形体、容貌。③传点：更点、时点。④古楚：指宿迁。

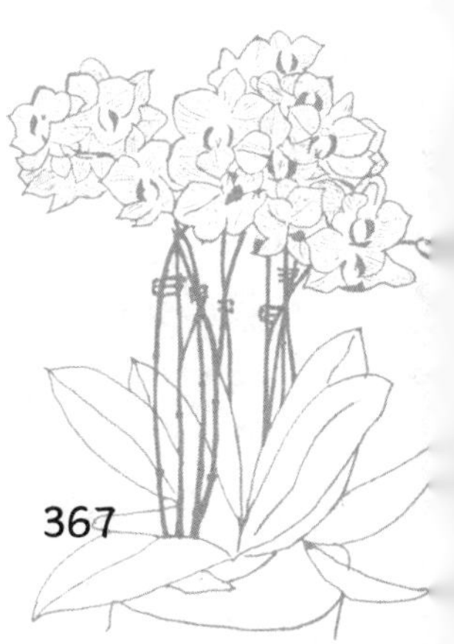

参观殷墟博物馆题笔

泱泱华夏五千载，
洹水[1]殷墟诗万篇。
甲骨精华尽岁月，
青铜瑰宝耀时年[2]。
鼎彝[3]赫赫留青史，
文化绵绵贯九渊[4]。
历史长河流不息，
邑商[5]遗迹永言传。

（2024年6月2日）

注：①洹水：又名安阳河。殷墟位于洹水两岸。②耀时年：耀，照耀。时年，即时岁，过去的一段时光。③鼎彝：古代祭器，上面多刻着表彰有功人物的文字。④九渊：九川、九州。⑤邑商：此指大邑商，为商朝人对他们国都的美称。

参观开封府感赋

开封朝府①地，
不见当年人。
光大正明殿，
为民勤政臣。
一出铡美案，
千古正直身。
执法忠心在，
清风明月存。

（2024 年 6 月 4 日）

注：①朝府：即官署。

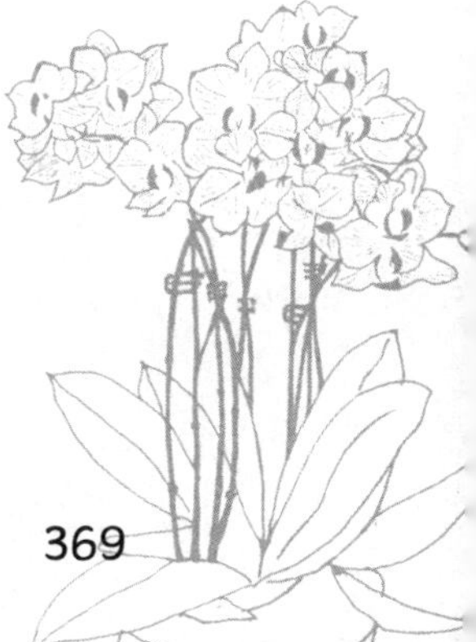

沉淀的乡愁

——读《岸上流年》有感而作

乡愁万缕运河岸，
小镇流年水碧悠[1]。
苦难生活涩涩泪，
清寒光景幽幽愁。
皂河[2]夜半行船远，
海庙[3]春秋谁共游？
无限萦纡[4]意不尽，
难留岁月尽东流。

（2024 年 8 月 15 日）

注：①碧悠：指水碧清、水波平静。②皂河：地名，位于宿迁市湖滨新区境内。③海庙：即龙王庙。④萦纡：盘旋弯曲、环绕。

一丛花·致谢省妇儿基金会

暑天远道汗成行，
连日为谁忙？
调研问慰声清越①，
宿迁情，
无限春光。
慈善楷模，
妇儿关爱，
一路谊情长。

品牌公益不寻常。
大爱遍城乡。
万千留困成长梦，
计划中，
处处芬芳。
研学康辅②，
维权守护，
君助妇儿康。

（2024 年 8 月 20 日）

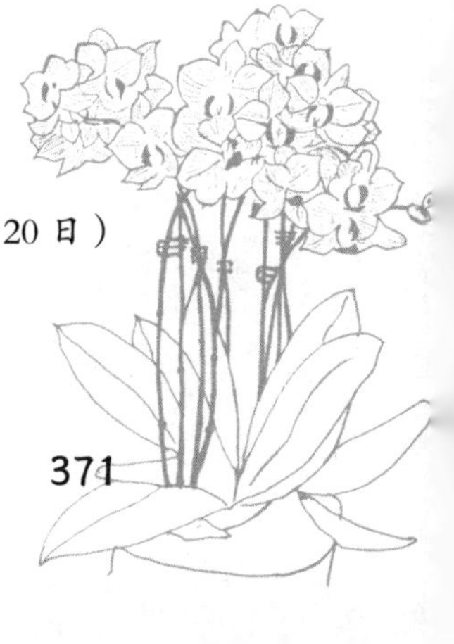

注：①清越：清脆悠扬意。②康辅：指心理健康辅导。

为太极拳友慈善之举而歌

阳光雨露钟吾①风，
大爱真情拳友中。
略尽绵力扶危难，
聊抒心意济贫穷。
丝丝温暖皆希望，
点点芬芳俱酽浓②。
无限爱心无限意，
太极至善③越④珠峰。

（2024 年 8 月 23 日）

注：①钟吾：指宿迁。②酽浓：指味道浓厚。③太极至善：太极的思想品德境界主要体现在谦和、自信、包容、和谐、至善等。④越：超越。

踏莎行·记“进万户”专项调研

关爱明天，
护航成长。
调研万户为民想。
儿童心理健康否？
协同①现状知何样？

找准问题，
摸清情况。
寻求对策明方向。
访谈记录万千情，
拳拳爱意功无量。

（2024 年 8 月 27 日）

注：①协同：此指学校、家庭、社会协同育人机制。

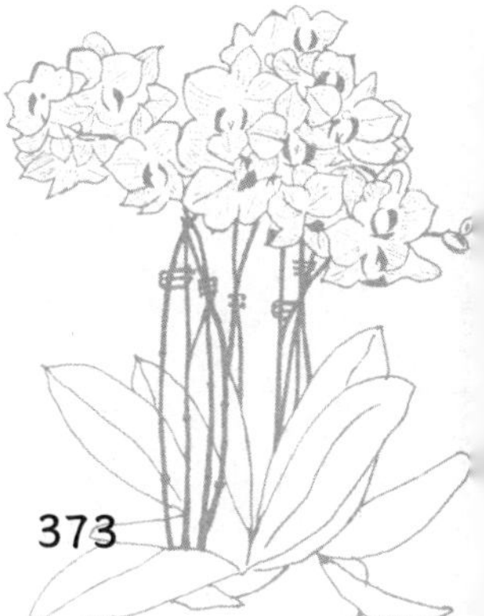

在宝丰萃典当铺观思

晋商曹铺①开②窑湾，
百载经营房万间。
几度风霜多变幻，
峥嵘岁月少安闲③。
古来财富终将尽，
今日铺门空旧颜。
常忆黎民酸楚泪，
斗金日进几温寒④？

（2024 年 10 月 2 日）

注：①曹铺：指晋商曹凤翔在窑湾投资开设宝丰萃典当铺。门前有一副对联：“笑待当剑客，欣迎典衣人。”②开：开张。③三、四句：指曹铺关闭后，1934 年曾在此设国民党邳县交通银行窑湾支行，1944 年驻扎汉奸维持会组织，1946 出开办初级小学，后为西粮库，现为中国典当博物馆。④温寒：指生活境况，此说贫富之差。

窑湾民俗史话馆见而思

千里运河第一镇，
窑湾史话风俗存。
盛衰历史千年变，
千杆桅帆漕运沦[1]。
载地浮天盛世在，
临流枕水秋风欣。
一阶一景皆成史，
今日欣逢华夏春。

（2024 年 10 月 2 日）

注：①沦：隐没、消失的意思。

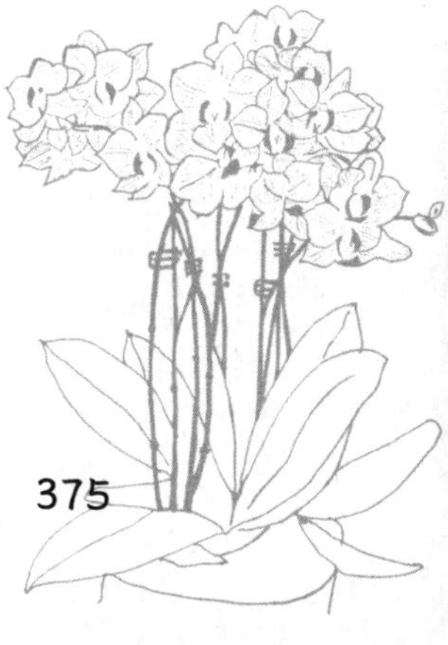

颂卧龙先生[1]

三顾茅庐天下论，
追随刘备出襄阳。
草船借箭传佳话，
赤壁联盟胜霸强[2]。
五出祁山振汉室，
七擒孟获平南方。
出师一表忠臣泪，
尽瘁英雄万世芳。

（2024 年 11 月 11 日）

注：①卧龙先生：指诸葛亮，字孔明，号卧龙。是三国时期蜀汉丞相，杰出的政治家、军事家、文学家、发明家。②霸强：称霸逞强，此指当时势力强盛想一举攻并蜀吴两国的曹操集团。

叹蘅芜[1]

红楼闺阁[2]十二钗，
性智[3]不同各襟怀[4]。
世事洞明谁冷美[5]？
人情练达钗[6]清佳[7]。
中规中矩善人理[8]，
才气[9]才情得上阶[10]。
风雨阴晴多应变，
金簪无奈雪里埋[11]。

（2024年11月16日）

注：①蘅芜：指薛宝钗住的大观园中蘅芜院，此指薛宝钗。②闺阁：闺房。③性智：禀赋才智。④襟怀：胸怀。⑤冷美：从容不迫、聪明睿智、天生丽质之意，宝钗有“冷美人”之称。⑥钗：指薛宝钗。⑦清佳：美好。⑧人理：做人的道德规范。⑨才气：才华。⑩上阶：此指最高层，即最好。⑪金簪无奈雪里埋：原是《红楼梦》中对薛宝钗的一句判词，意指薛宝钗如图里的金簪一般，被埋在雪里，也是不得其所，暗示薛宝钗必然遭受冷落孤寒的境遇。此处“金簪”代指薛宝钗。历来不少评家多扬黛抑钗，将宝钗贬损得如同被埋在雪地之中不得显露光芒。其实，薛宝钗是旧时代女性风范，而且也是作者曹雪芹对封建时代现实人生深刻思考的寄托。

晚行观钟吾城感赞[1]

火树银花不夜天，
城中高架[2]轻车[3]喧。
乐音[4]缭绕高歌起，
沧海桑田几许[5]年？

（2024 年 11 月 19 日）

注：①感赞：有由衷地感谢和赞美之意。②高架：指高架快速通道。③轻车：形容车辆行驶轻快。④乐音：指听起来比较和谐悦耳的声音。此句指城中各处传来的广场舞舞曲音乐声音，展现了一片歌舞升平的景象。⑤几许：几多。此处提问旨在表明时间不长。

寒蕴草木荣

有志终须勤努力，
不经磨难事难成。
人生莫惧世间苦，
彻骨寒蕴[1]草木荣。

（2024 年 11 月 21 日）

注：①蕴：蓄积意。

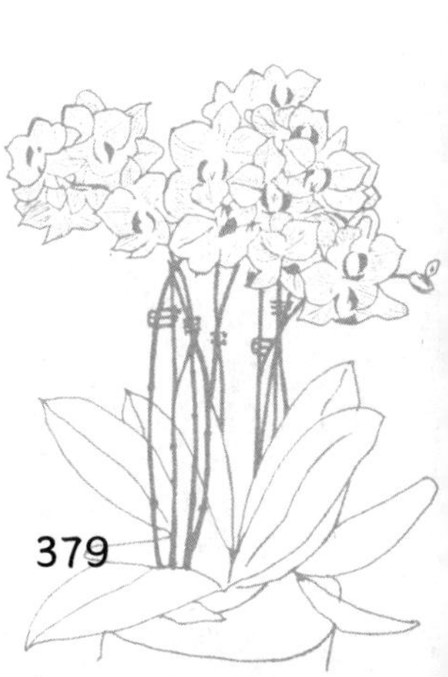

再读《枯树赋》[1]

曾经苍翠风中笑，
叶落枝枯根老衰。
阅尽沧桑生气[2]尽，
人同草木皆天时。

（2024 年 11 月 26 日）

注：①《枯树赋》：此为南北朝时期庾信的千古名篇，充满人生哲理。它以己喻树，以树喻人，枯荣盛衰只在一瞬间。全篇荡气回肠，乡关之思、亡国之痛、羁旅之恨和人世之艰辛，以及人生多难的情怀尽在其中。②生气：指生命的活力。

咏冬日垂钓者

寒风瑟瑟桥头立，
垂钓河中浮①几沉？
专注不知三九②冷，
一杆情趣逍遥心。

（2024 年 12 月 5 日）

注：①浮：即鱼浮、鱼漂。②三九：指三九天，从冬至开始的第三个寒天，是一年中最寒冷的一段时间。

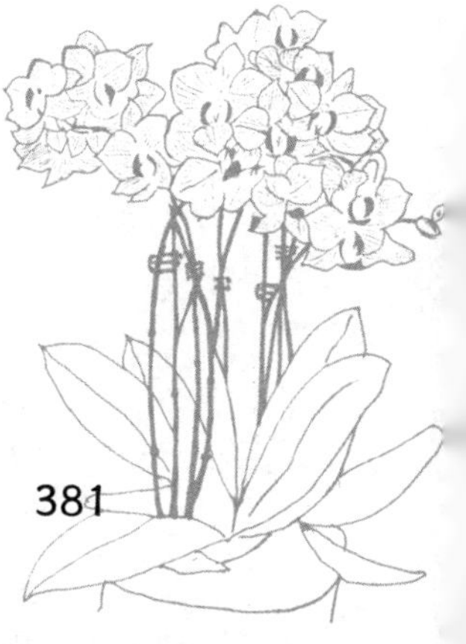

致敬叶嘉莹[1]先生

百岁芳馨[2]驾鹤去，
人间诗语[3]少宗师。
一生坎坷恒坚守，
两处讲学[4]多惫疲[5]。
桃李青葱[6]环宇宙，
蕙兰[7]馥郁醉慈仪[8]。
弘扬国粹倾心血，
青史留名无限时。

（2024 年 12 月 8 日）

注：①叶嘉莹：1924 年 7 月出生于北京，号迦陵，本姓叶赫那拉，满族人，加拿大籍华人，古典文学研究专家、教育家、诗人，以诗词研究和评赏闻名，在诗词传承与创作上均取得重要成就。②芳馨：芬芳。寓意美好、优雅、高尚。③诗语：诗词别称。④两处讲学：指二十世纪七十年代叶嘉莹先生在加拿大、天津两地往来授课讲学事，2014 年她回国定居。⑤惫瘦：即疲惫。⑥青葱：形容植物浓绿，此指青春年华。⑦蕙兰：一种花，寓意雍容华贵。⑧慈仪：慈母，此指叶嘉莹先生。

后　记

很早就有结一本诗集的想法，去圆一个文客的梦，但一直未付诸实施。一者因为尚未退休，工作比较忙碌，无暇顾及。二者自己有点惰性，也缺乏勇气，故一拖再拖。2022 年 11 月退休之后，有了空闲的时间，想结一本诗集的愿望则更强烈了些。特别是受到王清平先生的热情鼓励和悉心指导后，我提振信心，慢慢地将这几十年来日记中的诗词一一整理出来，然后分类，再严格按格律要求认真审订并推敲文字，前后花了一年多的时间才定稿。

在整理过程中，从最初的 5 类结构布局而拓展至 8 类，后又调整为目前的 3 类，其间有一个反复的过程，其实很纠结。365 篇作品中，《风物篇》190 首、《谊情篇》85 首、《颂论篇》90 首。2004 年，中华诗词学会就制定了“倡今知古，双轨并行；今不妨古，宽不碍严”的方针，很有现实指导意义。故我的 365 首律诗、绝句既有按平水韵创作的作品，也有按“中华新韵”（此均在作品中单独注明）创作的作品。无论是平水韵还是中华新韵，均是在格律“框架”下努力表达好自己的思想与情感。

诗词重在立意，贵在赋情。王夫之说：“无论诗歌与长行文字，俱以意为主。意犹帅也。无帅之兵，谓之乌合。”明代戏剧家汤显祖说过：“大凡作诗，先须立意。意者，一身之主也。”此均说明意在笔先，强调立意在写诗过程中的主宰地位。我四十年间所创作的诗词，景中有情，意在情中，并力求意境深远、意味隽永。因此，在创作过程中，有时为一首诗的立意反复揣摩，甚至走在路上、躺在床上都在仔细捉摸。在情感表达上，则重视自然、真诚、深刻，而不矫糅造作，尽量不留斧凿之痕。其实，无论是《风物篇》的 190 首，还是《情谊篇》的 85 首诗词，都渗透着我那一刻、那一个年代的思想情感，或喜或悲，或甘或苦，或高亢或沉郁。即便是《颂论篇》的不少诗，也倾注着个人浓厚的思想情感在内，一种从内心深处的颂赞或是感慨。所以，这 365 首诗词，是我这近四十年的思想与精神的沉淀，且在回望中升华了岁月思想，激扬了人生精神。

坦城地说，此番整理诗词，乃心之所向、情之所至，只想让自己看看，让自己在退休之后慢慢地、反复地去感受从前，体味过去。现辑的 365 首诗词，如同我岁月的长河，有翻卷的浪花、倒映的云朵、闪烁的波光、沉静的月亮……在整理过程中，我深刻感受着已流逝岁月的那一缕缕脉动，情感随之而起伏着。既感受到春的蓬勃、夏的热烈、秋的绚烂、冬的静谧，也再一次赏阅到曾经领略过的山水风光，再一次触摸到那年那月的一丝情感。金陵的雪花、故乡的小河、庙东的老屋……一一在诗中飘飞，流淌，静伫；崂山的紫霞、周庄的双桥、西湖的烟柳……在诗中隐约着清浅岁月一路结伴而行的影子；山海关的豪壮、雁荡山的雄奇、大雁塔的古朴……似乎又一次游历感受；白鹭园的恬静、乡村田园的清敞、东关街的幽韵……再一次让我享受这淳美的意境。我似乎明白了，我所牵系的是那一朵柳絮、一轮清月、一片残荷，还有割舍不了的亲情、友情。我不只是感怀逝去的时光，更是体味一路上心的颠簸……在月光下，在庙东草庐里，在大运河畔，在招商途中。一切都过去了，难回的是时间，留存的是诗行。如果有一位有耐心读完整个诗文的人，也会有一种洗尽铅华的岁月感和细水流长的亲近感。因为，我已把这些诗给了那个岁月。

这些日子，我一直在为这本诗集的名字苦恼。一时真的想不出用什么词或是短语来概括这本诗集的全部内容。国家一级作家、中国作家协会会员、宿迁市作家协会名誉主席清平先生，是我现在的同事，更是文学“大家”，于是我向他请教，并得到很好的指点和帮助。他建议我从《诗经》或古诗词中寻找一些适合的诗句，或从中找出一点灵感来，因为诗集取名本应该有一点诗意。翻阅无数诗篇，慢慢地从中找出“淡淡”与“星辰”两个词来。《诗经》中的《国风·唐风·绸缪》云：“绸缪束薪，三星在天”，《国风·召南·小星》云：“嘒彼小星，三五在东”，《小雅·大东》云：“东有启明，西有长庚。有捄天毕，载施之行”，等等，写出了两千多年前人们对星辰的认知、敬畏，以及赋予星辰的情感。

《诗经》及后来的古诗文中星辰意象蕴含着极其丰富的内涵。在天文领域，“星辰”指的是宇宙中能够发出光芒或反射光芒的天体。查阅词典，“星辰”为宇宙中星星的总称。网上还有一种解释，即星辰“用在诗词文学中指代岁月、辉煌的灯光”。如唐代诗人孟郊《感怀（之三）》：“中夜登高楼，忆我旧星辰。”此诗集以“星辰”为题，两种解释的意思兼而有之。365 首诗词中的点点滴滴，如同浩瀚天空的星辰，亦如漫漫岁月中的颗粒，虽淡淡亦可感，虽微小但坚实。有诗云：“仰望星辰大海，俯瞰岁月长河。”我的一颗淡淡的星，在岁月长河中只散发着渺小而微弱的光。

所谓诗集已经结成，我感受到一丝充实，生活也多了一点意义，似乎了却了一桩心事。但因个人才疏学浅、水平有限，虽经几番努力，也只能如此成稿。在结集过程中，得到了清平先生及诸多朋友的关心与指导，在此深表谢意！

2024 年 12 月